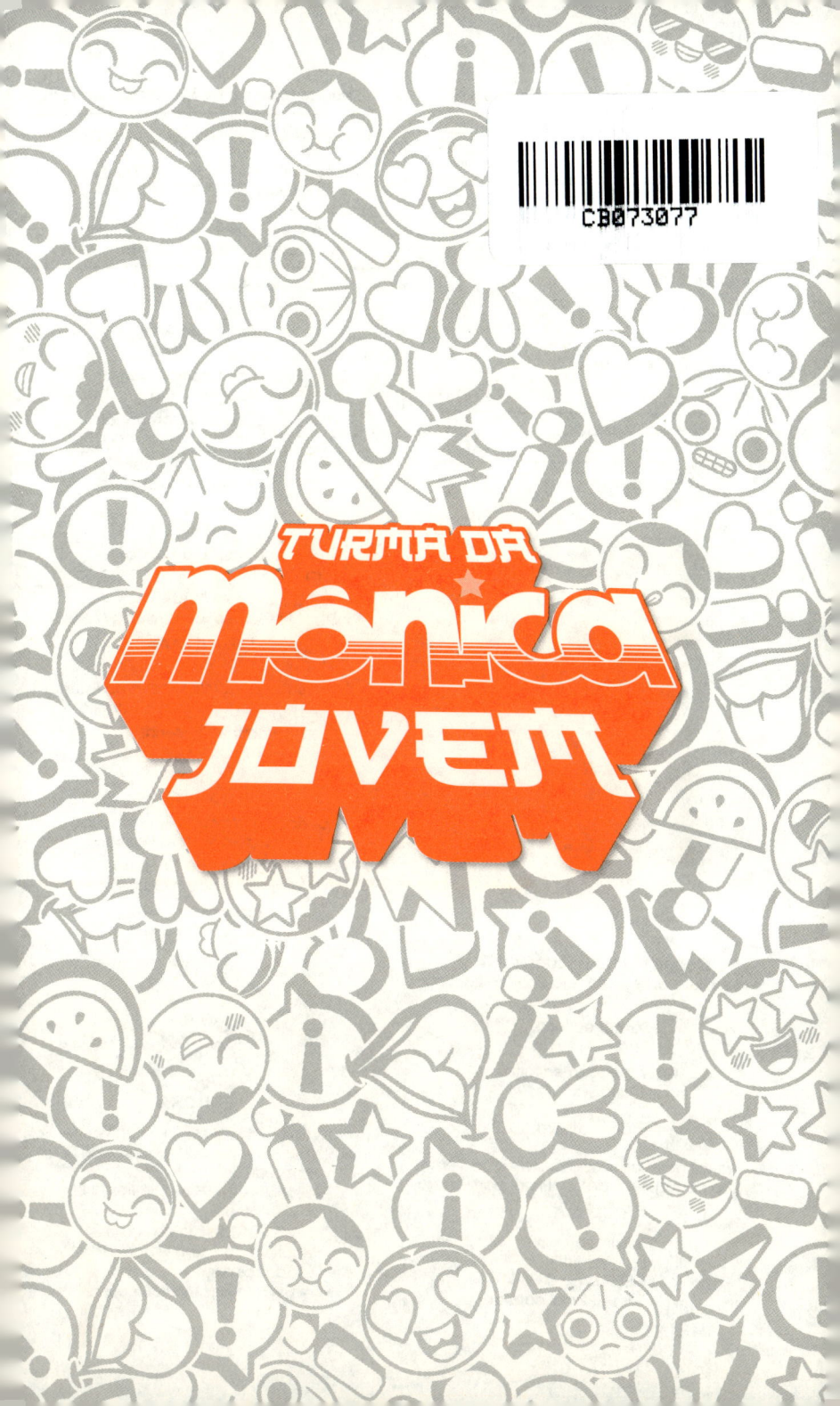

Dados Internacionais de Catalogação na Publicação (CIP)
Jéssica de Oliveira Molinari CRB-8/9852

Sousa, Mauricio de
  Turma da Mônica Jovem : amizade é tudo / Mauricio de Sousa. – São Paulo : Faro Editorial, 2022.
  96 p. : il., color.

ISBN 978-65-5957-160-4

1. Literatura infantojuvenil I. Título

22-1314   CDD 028.5

Índices para catálogo sistemático:

1. Literatura infantojuvenil

Copyright © Faro Editorial 2022
Milkshakespeare é um selo da Faro Editorial

Diretor editorial
Pedro Almeida

Coordenação editorial
Carla Sacrato

1ª edição brasileira: 2022

Direitos de publicação desta edição em língua portuguesa, para o Brasil, pertencem a Faro Editorial

Avenida Andrômeda, 885 – Sala 310
Alphaville – Barueri – SP – Brasil
CEP: 06473-000
www.faroeditorial.com.br

Estúdios Mauricio de Sousa apresentam

Presidente: Mauricio de Sousa

Diretoria: Alice Keico Takeda, Mauro Takeda e Sousa, Mônica S. e Sousa

Mauricio de Sousa é membro da Academia Paulista de Letras (APL)

Diretora Executiva
Alice Keico Takeda

Direção de Arte
Wagner Bonilla

Diretor de Licenciamento
Rodrigo Paiva

Coordenadora Comercial
Tatiane Comlosi

Analista Comercial
Alexandra Paulista

Editor
Sidney Gusman

Adaptação de Textos
Raphani Margiotta Viana Costa

Revisão
Daniela Gomes Furlan, Ivana Mello

Editor de Arte
Mauro Souza

Coordenação Administrativa do Estúdio
Irene Dellega, Maria A. Rabello

Produtora Editorial Jr.
Regiane Moreira

Capa
Fábio Valle

Designer Gráfico e Diagramação
Mariangela Saraiva Ferradás

Supervisão de Conteúdo
Marina T. e Sousa Cameron

Supervisão Geral
Mauricio de Sousa

Condomínio E-Business Park - Rua Werner Von Siemens, 111 - Prédio 19 – Espaço 01
Lapa de Baixo – São Paulo/SP
CEP: 05069-010 - TEL.: +55 11 3613-5000

© 2022 Mauricio de Sousa e
Mauricio de Sousa Editora Ltda.
Todos os direitos reservados.
www.turmadamonica.com.br

O real significado de amizade

Nossa versão em livro da premiada série de desenhos animados da Turma da Mônica Jovem chega ao terceiro volume e segue iradíssima!

Mônica, Cebola, Magali e **Do Contra** estão concorrendo na eleição para o grêmio estudantil. Denise vê na novata Isadora uma chance de voltar a bombar nas redes sociais, só que "vai dar ruim". E Cascão ganha um campeonato de *parkour*, mas parece triste – e precisa dos amigos.

São mais três histórias emocionantes em que a Turma do Limoeiro vai encarar dificuldades que só poderão ser superadas com a força das verdadeiras amizades.

Treta filosófica

A escola Limoeiro está em polvorosa. Chegou a época mais acalorada do ano: a eleição para o grêmio estudantil. Nos corredores, grupos de alunos comentam e avaliam as propostas das duas chapas concorrentes para decidir qual é a melhor. O que cada uma defende? Quais propostas são mais interessantes? Qual vai conquistar mais benefícios para os estudantes?

A "Chapa 1" aproveita o intervalo da aula para defender suas ideias. Mônica, **Do Contra**, Magali e Cebola distribuem folhetos para os colegas que passam no corredor. No mural, os alunos veem uma faixa colocada com o nome da chapa deles: "Chapa Filosofia e Conhecimento".

– Pessoal! Não esquece! Sexta-feira tem eleição do grêmio. *Bora* votar! – grita Mônica, entusiasmada.

– Vote na nossa chapa: Filosofia e Conhecimento! – incentiva **Do Contra** entregando um folheto para Nimbus e Quim.

– Por que Filosofia e Conhecimento? – questiona Nimbus, curioso.

– Você sabe que a direção da escola acabou com as aulas de Filosofia, né? – interrompe Mônica se aproximando. Empolgada, a menina se pronuncia em defesa da disciplina: – Eu, como presidente da chapa, vou lutar para elas voltarem! Filosofia é importante demais pra eles tirarem da grade assim, e...

Entediados, Nimbus e Quim olham para Mônica com cara de peixe-morto, enquanto a menina discursa em um tom de voz enérgico e um dos punhos ao alto.

No meio de sua fala, um som de microfonia ecoa, seguido por uma música de balada. O barulho chama a atenção de todos, e a galera se vira em direção ao som.

— Que negócio é esse? Tá rolando micareta e ninguém avisou? – pergunta **Do Contra**, incomodado com o barulho.

Do outro lado do corredor, Carmem, Denise, Jeremias e Titi despontam próximos a uma enorme caixa de som portátil. Com a música alta, os quatro chegam cheios de pose, prontos para apresentarem as principais propostas de sua chapa. Ao que parece, a "Chapa 2" veio para literalmente atropelar quem estiver pela frente.

Denise abre uma bandeja revelando *cupcakes* suculentos, enquanto Carmem se prepara para falar. Com as mãos na cintura e um olhar penetrante, a menina inicia seu discurso, mas antes oferece:

— Quem tá a fim de *cupcake* de graça?

Imediatamente, os alunos que estão perto de Mônica deixam cair os panfletos da "Chapa 1" e avançam quase se atropelando para garantir um dos *cupcakes* de unicórnio da bandeja que Denise está segurando. Eles se aglomeram em torno da menina, enquanto Jeremias e Titi distribuem folhetos e adesivos da "Chapa 2" e Carmem continua sua fala:

— Já pensaram em ter um *coach* de *digital influencer*? Um camarim no banheiro com visagista? Um *JK BOX* coletivo para jogar no intervalo? A gente veio pra revolucionar a escola! Vote na chapa "Pisa Menos".

Jeremias e Titi levantam a faixa da chapa, e os alunos, empolgados com as propostas, vão à loucura. Boquiaberta, Mônica olha para o lado e vê Magali engolindo o último pedaço de um *cupcake*. Com a boca cheia, a menina sorri sem graça. Mônica cruza os braços e revira os olhos. A essa altura, os alunos se dispersam e outros seguem a "Chapa 2" pelo corredor. Conforme se distanciam, a música vai ficando mais baixa e o corredor volta à normalidade. *A disputa está apenas começando*, pensa Mônica.

No fim da aula, Cebola, Magali, **Do Contra** e Mônica saem da escola um pouco cabisbaixos. Eles sabem que, depois do *show* da "Chapa 2" mais cedo no corredor, eles precisam pensar logo no próximo passo da campanha para levantar a chapa que estão defendendo. É Mônica quem puxa o assunto:

— Legal, pessoal! Alguém tem mais alguma ideia pra campanha de amanhã? — pergunta ela, com o cartaz da chapa enrolado debaixo do braço.

— A gente pode fazer chocolates em forma de filósofos! — sugere Magali, lambendo os beiços.

— Ou fazer um *blog* de Filosofia e discutir um tema por dia — propõe **Do Contra**.

— Boa, **DC**! — exclama Mônica, com os olhos voltando a brilhar.

— A gente vai perder — afirma Cebola desanimado.

– Hein? O que você está falando? – questiona Mônica claramente desconcertada.

– Acho que esse lance de Filosofia não tá dando resultado – desabafa Cebola, encostado em um muro, com os braços cruzados.

Magali, **Do Contra** e Mônica se viram imediatamente para ele, tentando entender.

– Como assim? É nossa principal proposta. Foi isso que nos fez querer montar a chapa para disputar as eleições, esqueceu?

– É, mas parece que ninguém tá interessado nisso – argumenta ele.

Mônica fica decepcionada. Por que Cebola estava dando para trás agora? Só porque a "Chapa 2" parecia, digamos, mais empolgante? *Afinal, de que lado ele está?*

A decepção dá lugar à raiva. Irritada, ela encara Cebola e os dois discutem.

– Você não faz nada e ainda fica criticando! – esbraveja Mônica.

– Quê? A Magali também não fez nada! – responde ele, indignado.

– É, mas pelo menos ela tá tentando. Ao ouvir seu nome, Magali se apressa e pesquisa algo no celular. Ela tenta contemporizar.

– Olha, eu achei forminhas de chocolate em formato de Platão pra comprar. Mas de Aristóteles vamos ter que confeccionar – explica, virando a tela do telefone em direção aos amigos.

A imagem mostra um Platão bem carrancudo. Sério demais à primeira vista. Ainda assim, era algo ligado ao projeto. Mas será que a Filosofia consistia apenas em estudar os principais filósofos? Será que não havia uma forma de vivenciar de forma prática o conhecimento deles hoje? Era nisso que Mônica acreditava, só não sabia como fazer. A garota tinha a total certeza da importância da Filosofia, mas ainda não havia descoberto como provar isso a seus colegas. Mônica achava que ao menos Cebola, um dos seus melhores amigos, senão o melhor, pensava como ela, mas tinha acabado de perceber que não. Isso a chateou. Impetuosa, ela toma uma decisão.

– Vamos, **DC**! Vamos fazer o nosso *blog* – diz ela puxando **DC** pela mão e deixando Cebola para trás. O garoto fica ali, parado, apenas olhando sem saber o que fazer.

— Ei, me esperem! — pede Magali, enquanto caminha tranquila, mexendo no celular.

Com raiva, Cebola segue no sentido oposto, em direção a sua casa.

Mais tarde, ainda chateado com a discussão, Cebola tenta pensar em alguma coisa. Sozinho em seu quarto, ele anda de um lado para o outro, observa a vizinhança pela janela, tenta bolar alguma ideia, mas não lhe ocorre nada. Ele não tinha falado tudo aquilo para Mônica por desacreditar dela, claro que não. A verdade é que, mesmo não achando Filosofia tão legal como o **DC**, ele torcia para que o projeto da chapa desse certo. E era óbvio que queria contribuir de alguma forma, só não sabia como. Mas Mônica não percebia isso.

Ao ver o desânimo do irmão pela fresta da porta do quarto dele, Maria Cebola, a irmãzinha genial do garoto, para no corredor e o provoca.

— Iiiihh! Bolando plano infalível pra virar dono da rua, maninho?

– Preciso de um plano pra ganhar as eleições do grêmio da escola... – explica ele, cabisbaixo. – O problema é que não consigo pensar em nada.

– *Pera* aí – diz Maria Cebola, estalando os dedos, como se tivesse tido uma ideia.

Menos de um minuto depois, a menina volta ao quarto com um carrinho de mão lotado de livros.

– Que monte de livros é esse? O que eu vou fazer com tudo isso?

Desconfiado, Cebola pega um dos exemplares um tanto empoeirados. Abre, folheia e à primeira vista não entende nada. O que todos aqueles gráficos queriam dizer? E o que todos aqueles termos em inglês significavam? Aqueles livros não eram adultos demais para a idade de sua irmã?

– São meus livros de *marketing*.

– *Aff.* Para que pegou estes livros? Por acaso, você lê isso? – pergunta Cebola intrigado, com um exemplar nas mãos.

– Não mais. Esse que você está segurando é pra iniciantes, mas acho que vai conseguir acompanhar. Leia o primeiro capítulo, vai ajudar você – responde ela ao irmão, saindo do quarto.

Cebola respira fundo e inicia a leitura do primeiro capítulo. Não é que o livro é interessante? *Várias ideias iradas*, pensa. Cebola lê um, lê outro, até que ele chega à parte de *Personal Branding*: "Como criar sua marca pessoal".

– Hummmm, esta aqui é maneira e dá para fazer... – diz consigo mesmo, dando um pulo da cama, pronto para executar a ideia.

Um tempo depois, Maria Cebola vê quando o irmão passa correndo pela sala e sai de casa bem mais animado.

– Valeu pelas dicas, maninha! – exclama ele acenando perto da porta.

Depois de uma tarde inteira de trabalho, Cebola volta para casa para finalizar sua ideia. Ele tinha gravado uns depoimentos curtinhos com alguns amigos sobre a Mônica. A pergunta era simples: "O que você acha da Mônica como candidata?".

Tinha tudo para funcionar, não fosse a resposta dos entrevistados. Quando Cebola começa a rever os vídeos, ele percebe que a opinião da galera não reflete exatamente a imagem que ele queria passar na campanha...

Só que agora era tarde, ele já tinha chamado Mônica para vir assistir. A menina chega à casa dele bem na hora que ele termina de editar. Sentada no pufe do amigo, Mônica segura o celular e Cebola percebe quando a amiga vai murchando a cada depoimento que vê. Ela não fazia ideia de que as pessoas pensavam assim dela.

O primeiro a aparecer no vídeo é o Cascão.

– O que eu acho da Mônica como candidata? Hum... Ela não passa muita credibilidade, não – diz ele, em seguida, diminui o tom de voz e, quase cochichando, revela: – Uma vez, emprestei dois reais pra Mônica e ela nunca devolveu.

Em seguida, quem aparece é Denise, sentada à mesa do café perto da escola.

— Eu adoro a Mônica. Mas ela é meio conservadora, né? Tá sempre com as mesmas roupas, sempre com o mesmo cabelo – opina a menina duramente, sem meias-palavras.

O próximo a dar sua opinião é Franja.

— Ela não é arrojada. Falta criatividade – dispara ele de forma honesta, enquanto faz um experimento no laboratório da escola.

Mônica suspira quando vê que ainda tem mais gente. Cascuda está no pátio da escola. Ela olha séria para a câmera e também não mede as palavras:

— Ela é antissocial. Faz mais de quatro meses que não posta nada! – exclama a menina, em tom de indignação apontando para a tela do próprio telefone. – Como alguém tão desconectada pode presidir uma chapa? Vai ficar por fora de tudo!

Por fim, o último a falar é Xaveco. Ele está comendo um sanduíche na lanchonete e mal acaba de mastigar afirma:

— A Mônica é mais do mesmo!

Mônica ergue os olhos. Em pé diante dela, Cebola não sabe muito bem o que dizer.

— Que horror! É isso que as pessoas pensam de mim? – questiona ela, arrasada.

— E olha que eu ainda tirei as piores partes – admite ele.

— Bom, pelo menos agora a gente teve um choque de realidade e pode pensar em alguma coisa – diz ela, tentando ver as coisas pelo lado bom. Em seguida, suspira sem esconder o quanto estava chateada.

Cebola senta-se ao lado dela no pufe.

— A Carmem tem presença, Mô. A imagem dela é positiva e marcante – afirma ele.

— O que eu preciso fazer, então? – pergunta ela, olhando para o nada.

Cebola tinha lido outra coisa naquele livro que ainda dava para fazer. Tendo em vista as críticas, essa estratégia parecia bem promissora. Ele segura o queixo da amiga e olha fundo nos olhos dela.

— Vem comigo. Nem tudo está perdido – diz ele, levantando a amiga pela mão para animá-la e levando-a para outro lugar, ali mesmo no bairro.

No dia seguinte, a galera toda está batendo papo na entrada da escola antes de o sinal tocar. De repente, alguém repara na figura familiar, porém marcante – e bonita – que vem entrando. Logo, os outros alunos também veem e imediatamente param de conversar para tentar descobrir quem é.

Cabelos castanho-escuros brilhando à luz do sol, óculos escuros, uma gargantilha preta e batom vermelho-escuro emolduram o rosto doce, porém decidido da menina que sobe as escadas da escola. Vestida com um *look* supermoderno, composto por uma camiseta regata azul, uma jaquetinha estilosa, calças *skin* pretas e botas *rocker*, Mônica parece uma estrela, chamando a atenção de todos à sua volta e despertando todo tipo de comentários:

– Nossa, olha como ela está se vestindo!
– O que será que aconteceu?
– Ela está muito diferente!
– Será que ela contratou algum *personal stylist*?

Atrás dela, Cebola vem filmando sua chegada triunfal na escola e registra no celular a reação das pessoas surpresas e admiradas. Já no corredor, um verdadeiro frenesi toma conta de todos, e na escola não se fala em outra coisa senão na mudança radical – e maravilhosa – da presidente da "Chapa 1". Admiradas com a mudança e todo aquele *glamour*, Cascuda e Marina surgem por trás de Mônica, grudando uma de cada lado na amiga.

– Mô, toda *fashionista*! – exclama Cascuda, olhando cada detalhe de sua roupa.
– Muito estilosa mesmo! – completa Marina.

Ao longe, Carmem, Denise e Titi observam preocupados toda aquela repercussão e comentam alguma coisa entre eles. Sem dúvida, a mudança da candidata adversária influenciaria nas pesquisas para a eleição.

Mas nem todo mundo está admirado. Há quem esteja achando aquela mudança repentina um pouco estranha. Ao ver Mônica vestida de forma tão diferente, **Do Contra** se aproxima dela e pergunta num tom desconfiado:

— Mônica, que roupa é essa? O que tá rolando?

— É uma estratégia eleitoral – explica ela falando baixinho. – O Cebola disse que preciso estar antenada com as tendências.

— Mô, tá na hora da *live* – chama Cebola, interrompendo a conversa dos dois.

Mônica olha para Cebola e pega às pressas o celular no bolso. Ela abre o aplicativo, mas não encontra o lugar exato para entrar ao vivo de jeito nenhum.

— Cadê o botão da *live*? Ai, não sei mexer nessa porcaria – esbraveja ela, toda atrapalhada.

Ao perceberem que Mônica não está familiarizada com a tecnologia, as pessoas em volta olham meio intrigadas e cochicham entre si. Vendo a dificuldade da amiga, Cebola corre até Mônica e pega o celular para ajudá-la. Ele tenta disfarçar para o público.

— Hê, hê, hê! É que seu celular tá desatualizado, né? Bem diferente de você, que é tããão atualizada – enfatiza. Em seguida, ele sussurra para Mônica: – Cuidado com o que você fala na frente dos eleitores.

Cebola dá uns cliques na tela e resolve o problema. Ele entrega o celular e se afasta. Ela agora está ao vivo. Com a tela virada para si, Mônica olha para a câmera e começa a falar:

— Oi, gente! Acabei de chegar à escola e fui abordada por vááários eleitores – Mônica faz uma panorâmica com o celular para mostrar os colegas, que por sua vez olham desconfiados. Em seguida, ela volta a se filmar. – Todos estão dizendo que vão votar em mim, amanhã. Faça como eles. Vote Chapa **TMJ**! Tamo junto.

Enquanto isso, no pátio da escola, Nimbus e Quim assistem à *live*. Quando Mônica anuncia o novo nome da chapa, Nimbus estranha.

– Chapa "Tamo junto"? Não era "Filosofia e não sei o que lá"?

– Ainda bem que ela mudou. Eu que não ia votar naquela chapa.

Ainda ao vivo, Mônica percorre a escola para "conversar" com alguns eleitores. O primeiro que ela aborda é Cascão, justamente para devolver os dois reais que tinha pegado emprestado com ele. A menina faz questão de mostrar isso no vídeo, para acabar com todo e qualquer comentário negativo envolvendo seu nome.

– Tá aqui, ó, Cascão. Tô devolvendo aqueles dois reais – diz ela olhando para a câmera.

– Ah. Tinha até esquecido. Não precisava – responde ele, superconstrangido.

– Precisava, sim. Promessa é dívida – replica ela, apertando a bochecha do amigo.

Em seguida, ela aborda outra aluna e brinca com o cachorrinho dela, pegando-o no colo, como que para cativar os *petlovers*. Depois é a vez de Cascuda. Ao ver a menina tomando um suco, Mônica a abraça de supetão e ela leva um susto.

– Mônica!

– Oi, Cascuda, estamos ao vivo e eu só queria dar um abraço em você. Vou deixar a *live* salva na minha página pra você compartilhar depois, hein? – diz ela, mostrando-se antenada.

Por fim, Mônica vai ao encontro de Xaveco, que está falando com alguém pelo celular.

– Xaveco! *Tamo* junto! – exclama ela, fazendo um V de vitória.

Mais tarde, ela se reúne com **Do Contra** em sua casa para acompanhar o resultado das pesquisas eleitorais feitas em tempo real no site da escola e – adivinhe só – a estratégia proposta por Cebola tinha dado resultado. Ela finalmente tinha passado Carmem e agora estava com 95% das intenções de voto contra apenas 5% da colega!

Mônica comemora.

– Êêêêêê! Deu certo! Passamos a Carmem nas pesquisas! – exclama ela, batendo palmas e pulando na cama de felicidade.

– Sei lá. Tô achando meio estranho tudo isso – admite **Do Contra** em tom desconfiado, enquanto vê o resultado pelo celular.

– Estranho, por quê? A ideia do Cebola foi boa, eu precisava mesmo mudar a minha imagem.

– É. Só não precisava mudar de personalidade – murmura ele, depois de ver o vídeo um tanto forçado da amiga.

Nessa hora, Cebola entra agitado no quarto, falando ao telefone.

– Aham. Tá. Entendi. Valeu!

– Que foi? – pergunta Mônica, assim que ele desliga o telefone.

– A Carmem contra-atacou – diz ele, preocupado. – Ela tretou com a Juliana do segundo ano B nos comentários da página da escola.

– Hã? – Mônica se aproxima da tela do celular de Cebola para ler os comentários das duas e o assunto nada mais é que... séries. – Estão discutindo sobre seriados? Mas o que isso tem a ver?

– Treta é visibilidade, Mônica. Desse jeito, amanhã ela vai passar a gente de novo.

– Que zoado – comenta **Do Contra**.

– Zoado, né? A gente tem que pensar num jeito rápido de evitar isso.

– Tudo bem, gente. Amanhã, no debate, será a nossa chance! – exclama Mônica, tentando não se abalar.

Cebola fica pensativo, até que tem uma ideia.

– Querem saber? Eu preciso fazer uma coisa. Mas vai demorar. Não me esperem – diz ele, saindo todo apressado.

Mônica e **DC** se entreolham sem entender nada.

No dia seguinte, assim que o sinal toca depois da aula, os estudantes se encaminham para o auditório da escola para assistir ao primeiro debate das duas chapas. Na plateia, há um enorme falatório. A questão é que o público está bem dividido, e o debate é o jeito perfeito de demonstrar o que cada chapa pensa a respeito de assuntos que afetam diretamente a vida e o dia a dia dos alunos.

No palco, os representantes da chapa se sentam em lugares opostos. De um lado, Mônica e **Do Contra**; do outro, Carmem e Denise. No centro da mesa, Marina sorri com timidez, enquanto se prepara para falar ao microfone.

Ao contrário de Denise – que com certeza apresentaria o debate numa boa, não fosse o fato de ela estar concorrendo ao lado de Carmem –, Marina tremia de vergonha por falar em público.

– Hã... Oi, gente! É hoje! Logo mais, teremos a eleição do grêmio. E, pra ajudar vocês a decidirem, trouxemos representantes das chapas "Tamo Junto" e "Pisa Menos".

Mônica acena animada. **Do Contra** dá um tchau discreto, meio constrangido. Carmem sorri e acena como se concorresse ao primeiro lugar de *Miss Limoeiro*. Já Denise levanta os braços empolgada e se dirige ao público:

– Vamos superganhaaar, galera!

No auditório, o público aplaude com entusiasmo. Cascuda pega um dos biscoitinhos que Magali tinha encomendado para a campanha.

– Que fofa essa lontra.

– É Sócrates – corrige Magali num sussurro, com um sorriso amarelo.

O debate já vai começar. Mônica olha para a plateia e não vê Cebola. Ele não tinha dado notícia desde ontem. O que será que estava aprontando? Mônica respira fundo. Ela sabe que está disputando o grêmio com as motivações corretas e precisa deixar de lado o nervosismo. A seu lado, Marina abre o envelope e lê o conteúdo no microfone.

– A primeira pergunta é: Como as duas chapas pretendem lidar com o problema de *bullying* na escola? Carmem, dois minutos pra responder.

Toda pomposa, Carmem se levanta e pega o microfone. Ela caminha e para na frente do público.

– Bom. O *bullying* é um assunto muito sério, que deixa todo mundo triste. Por exemplo, chamam o Xaveco de chiclete sabor pamonha.

O público ri alto. Xaveco olha de um lado para o outro e esbraveja revoltado do auditório:

– Ei, foi você que me deu esse apelido!

Carmem o ignora e continua.

– Ou quando chamam o Edgar de batata das trevas.

Edgar, com seu estilo gótico, o rosto pálido e o nariz proeminente, fita Carmem e os colegas e revida fazendo uma careta sinistra, com os punhos fechados de raiva. A plateia não se intimida e cai mais uma vez na gargalhada.

Revoltada, Mônica ameaça interromper aquele espetáculo de horrores, mas **Do Contra** a detém, apertando sua mão.

– Portanto – conclui Carmem –, pretendo acabar com o *bullying* na escola.

Os alunos aplaudem. Carmem volta para a mesa com um sorriso no rosto. Mônica estende a mão para receber o microfone das mãos dela, mas a menina o larga em cima da mesa, bem na sua frente. Mônica bufa revoltada.

– Vai, Mônica. Sua vez – diz Marina.

Mônica se levanta e se posiciona diante da plateia. Ela testa o microfone, que dá um pouco de microfonia, então aguarda alguns segundos e começa a falar:

– Eu ia criticar minha adversária por ter zombado das pessoas bem na hora que deveria condenar o *bullying* – ela olha seriamente para a plateia, que, por sua vez, a escuta em silêncio. – Mas como teve muita gente que riu, acho melhor falar logo sobre outra coisa importante: as aulas de Filosofia.

– Aaahhh! Esse papo de novo?

O público logo se mostra entediado e começa a vaiar. Embora um pouco desestabilizada pela reação deles, Mônica se mantém firme e continua seu discurso de forma empolgada.

– A reação de vocês é mais uma prova de como a Filosofia é importante para aprendermos a pensar nos nossos atos e nas consequências que eles podem vir a ter para nós mesmos e para os outros!

Preocupado, **Do Contra** leva as mãos à cabeça. Está na cara que a galera não está gostando de ouvir aquilo. Nesse momento, Cebola chega correndo e sobe pela lateral do palco. Ele começa a ligar um *notebook* nos equipamentos de som.

– Cebola? O que você está fazendo? – pergunta **Do Contra**, surpreso ao ver o amigo.

– É sério, gente! Filosofia na escola... – Mônica continua a falar.

Assim que consegue conectar, Cebola se aproxima de Mônica e a interrompe.

– Pessoal, um segundo. Fiz um vídeo pra mostrar melhor o que a Mônica tá querendo dizer.

Mônica olha para ele um pouco frustrada, mas o deixa prosseguir. Cebola dá o *play* no vídeo e todos olham para a projeção no telão.

A paisagem de fundo é da Grécia Antiga. Dois pensadores com expressão de aflição aparecem em uma montagem na tela. No meio deles, surge uma fotografia da Mônica em preto e branco, que começa a "cantar" com voz digitalizada, em uma espécie de remix: "Quando chega a segunda, já dá uma *vibe* ruim / Colo na escola e vejo que tá todo mundo assim / É que vai ter uma aula chata que ninguém tá a fim / Ninguém merece estudar Filosofia".

No meio da música, Mônica aparece vestida com uma toga de filósofa grega, fazendo não com a cabeça e com uma das mãos. A plateia começa a rir. Cebola presta atenção em sua "obra de arte", enquanto Mônica assiste sem acreditar no que está diante de seus olhos.

Mas o pior ainda está por vir: em uma sequência, Mônica aparece em uma biblioteca, em seguida, várias cabeças de Mônicas dançam toscamente sincronizadas para lá e para cá ao lado da Mônica principal, cantando o seguinte refrão: "Essa aula me dá um bode! / Essa aula me dá um bode! / Essa aula me dá um bode!". Isso sem contar o bode que aparece gritando no final do vídeo, dividindo a tela com elas. O vídeo termina com os dizeres em letras garrafais: "**VOTE EM MÔNICA**".

Ao final, os alunos aplaudem empolgados e começam a gritar o nome de Mônica.

– Mônica! Mônica! Mônica! Mônica! Mônica!

Com um sorriso largo no rosto, Cebola olha orgulhoso para o entusiasmo da plateia e vibra junto. Ao que parece, seu plano deu certo. Ao lado dele, porém, Mônica está em estado de choque.

– Esse é o segredo pra conquistar a galera, Mô. A gente tem que falar o que eles querem ouvir – explica ele.

Com os olhos cheios d'água e totalmente sem reação, ela vira as costas sem dizer nada e sai andando. Ao ver a amiga deixando o palco, **Do Contra** se levanta da mesa. Ele faz que vai atrás dela, mas acaba preferindo deixá-la ter um tempo sozinha.

A votação acontece logo em seguida. Curiosos para saber quem venceu as eleições do grêmio estudantil, os estudantes se aglomeram em volta de Marina, enquanto ela conclui a contagem de votos. Depois de conferir a última cédula, ela finalmente anuncia o resultado:

– E, com 68 por cento dos votos, a vencedora é... chapa "Tamo Junto"!

– *Yeah*! Vencemos! – comemora Cebola, vibrando.

Magali também fica eufórica. Vários alunos festejam pulando e batendo palmas. Já os integrantes da chapa "Pisa Menos" quase caem para trás quando ouvem o resultado. Ao que parece, eles tinham certeza de que iam ganhar. Indignada, Carmem não se contém e avança na direção de Cebola, fulminando-o com os olhos como se fosse voar em cima dele, mas então se recompõe e, com uma cara muito feia, lhe dá as costas e sai bufando.

– E cadê a presidente da chapa? – pergunta Marina aproximando-se de Cebola com uma faixa de presidente para entregar à vencedora.

– Hããã. Ela já tá vindo. Só um minutinho...

– Eu tô aqui!

Mônica aparece no pátio com uma expressão séria e as mãos na cintura. Quando os estudantes a veem, começam a gritar seu nome em clima de festa.

– **MÔ-NI-CA! MÔ-NI-CA! MÔ-NI-CA! MÔ-NI-CA! MÔ-NI-CA!**

Cebola se aproxima dela.

– Mônica! A gente ganhou!

– Não ganhou, não – responde ela seriamente, cruzando os braços.

– O quê? Como assim? – pergunta ele, sem entender o que estava acontecendo.

– Eu renuncio! – anuncia ela.

– **OHHHH!** – exclamam os alunos, boquiabertos.

– Mô, agora você é a presidente! Pode fazer o que quiser! Inclusive, lutar pelas aulas de Filosofia – diz ele, indignado, para a amiga.

Mônica olha para todos, chateada.

— Não adianta eu lutar por algo que ninguém quer saber. E você fez o favor de piorar isso — diz ela, apontando o dedo para Cebola e olhando bem no fundo dos olhos dele.

Cebola fica sem reação enquanto vê Mônica deixando o pátio. Diante da renúncia inesperada da amiga, Marina anuncia:

— Nesse caso, a chapa "Pisa Menos" é a vencedora!

Todos os olhares se voltam para Carmem, que ouve a notícia boquiaberta. Logo em seguida, ela, Titi, Jeremias e Denise se entreolham e começam a vibrar com a vitória.

— *JK Box One* coletivo! — dispara Carmem, levantando os braços, entusiasmada.

— **AÊÊÊÊÊÊ!**

Como uma manada, os alunos seguem a nova presidente. Depois de assistir aos alunos jogando Carmem para o alto, Cebola baixa a cabeça e vai para casa desconsolado. Todo o seu esforço para ajudar Mônica tinha ido por água abaixo.

O fim de semana passa e nem sinal de Mônica. Cebola fica na dele e praticamente não sai do quarto. No domingo, cansada de ver o irmão curtindo aquela *bad*, Maria Cebola entra para falar com ele. Cebola está deitado, olhando em silêncio para o teto.

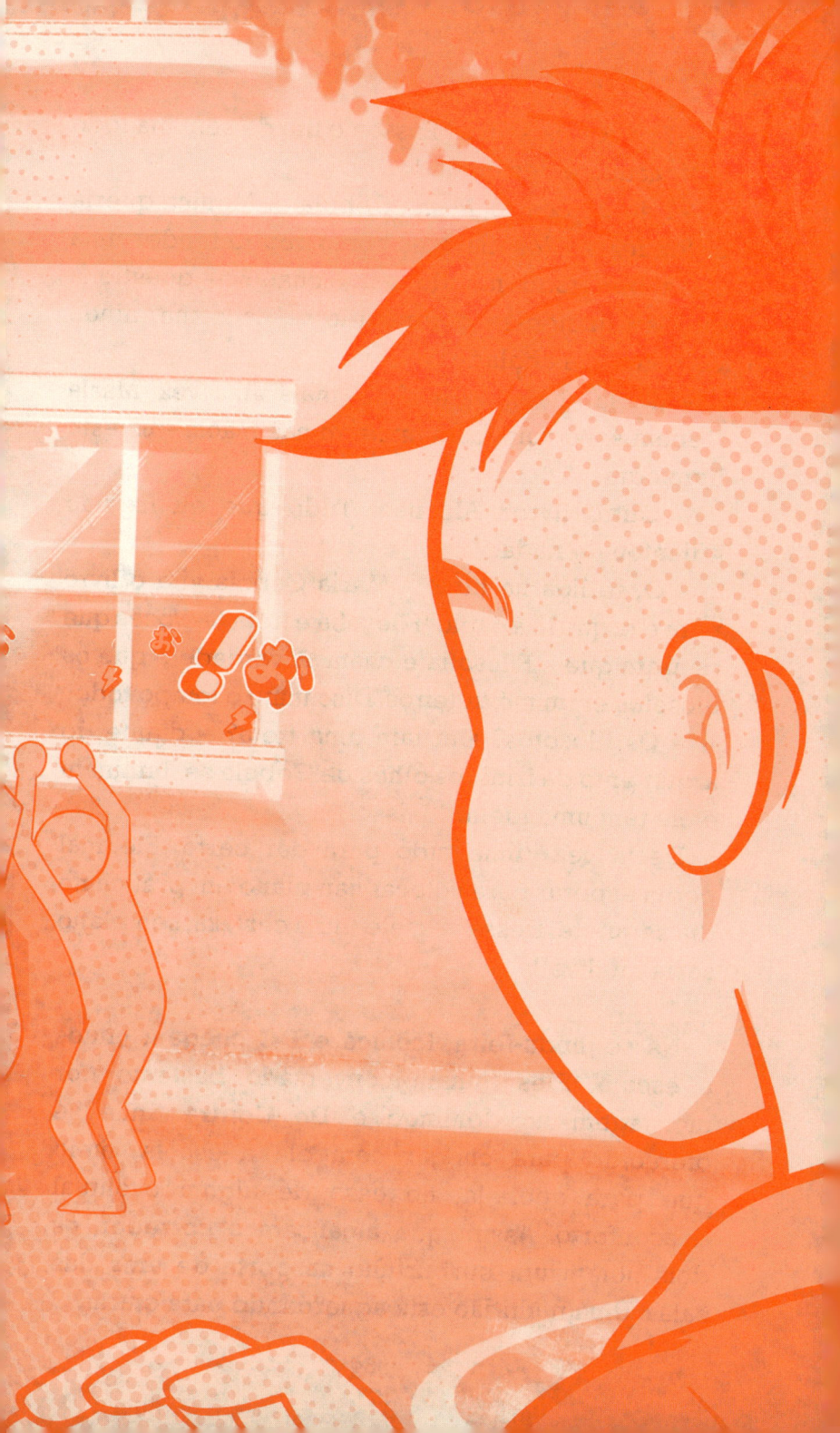

– Ei, você está vivo? Passou o fim de semana todo aí trancado e desanimado.

– Não deu certo, Maria Cebola. A Mônica queria defender a Filosofia. Mas como vou defender uma coisa que todo mundo acha chata? – questiona ele, levantando-se e sentando-se na cama, ainda visivelmente abalado.

– Coisa chata? *Pera* aí... – mais uma vez, Maria Cebola sai e volta com um livro nas mãos. – Lê este livro aqui.

– Outro livro? Ah, não! Tudo que eu fiz não adiantou de nada.

– Ô, se liga no título – Maria Cebola vira o livro para ele, que lê a capa: "Filosofia é treta". – Vocês que pensam que a Filosofia é chata. A verdade é que os filósofos eram *mó* treteiros. Discutiam o tempo todo!

– Os filósofos? Curtiam uma treta? – diante do argumento da irmã, os olhos de Cebola se iluminam e ele tem uma ideia. – É isso!

Desta vez, tinha tudo para dar certo. Ele mal podia esperar para colocar seu plano em prática no dia seguinte. Dessa vez, ele tinha certeza, seu plano seria infalível!

Na segunda-feira, Mônica e **DC** chegam juntos à escola. Eles tinham conversado bastante por mensagem no domingo e **Do Contra** tinha se oferecido para chegar com ela à escola, meio que para apoiá-la, no caso de algum eventual desconforto. Assim que alcançam o corredor, os dois notam um burburinho na porta de uma das salas. Uma multidão está aguardando para entrar.

– *Humpf*. Claro que a sala de *JK Box* já lotou, né? – diz Mônica, resignada.

– Espera aí, Mô. O *JK Box* é aqui, ó – afirma **DC**, apontando para uma sala bem ao lado deles com uma placa indicando "*JK Box* coletivo aqui".

Quando Mônica olha, depara-se com Carmem enfurecida em frente à porta da sala, que se encontra às moscas.

– Seus espertinhos – dispara a menina ao vê-los.

Sem entender, Mônica e **DC** continuam andando e decidem ver o que está rolando na sala seguinte. Na porta, uma plaquinha informa: "Clube de Tretas". Eles pedem licença e, com dificuldade, se enfiam entre os alunos para entrar. Qual é a surpresa dos dois ao verem Magali e Cebola à frente do que quer que estivesse acontecendo ali.

– Vocês chegaram tarde! Mô, tá *mó* sucesso o seu clube de tretas – conta Magali.

– Meu clube? Que palhaçada é essa?

– A galera tá tretando... e filosofando! – exclama Magali com uma leve risada.

Quando Mônica e **DC** olham em volta da sala, a impressão que têm é que estão assistindo a uma competição de xadrez. Todas as mesas estão ocupadas com alunos sentados um de frente para o outro. A diferença é que não há tabuleiro algum à frente deles, eles estão é disputando exatamente como os filósofos faziam.

Uma das duplas é Denise e Franja. A discussão entre eles está bastante acalorada. Mônica e **DC** observam incrédulos.

— O sertanejo universitário é simples demais. Só tem três acordes e olhe lá! – afirma Franja, categórico.

— Nossa! Você nem sabe surfar e vem me dizer que *surf music* é melhor? Que *poser*! – exclama Denise, claramente inconformada.

Cebola interfere na discussão.

— Opa! Denise, você usou um argumento *ad hominem*! Desqualificou o Franja só pra desqualificar o que ele tá falando.

— Ah, foi? Desculpa aí – ela volta a debater com Franja. – Então, música tem que ser complicada pra ser boa? Tem muitas coisas simples e boas na vida. Veja esta pipoca que estou comendo, por exemplo: é simples e muito deliciosa.

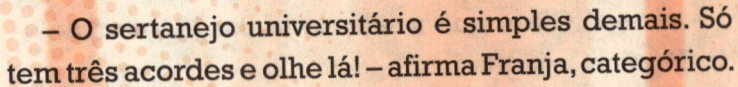

– Mas e as letras das músicas sertanejas? Falam sempre sobre a mesma coisa! – contra-argumenta o Franja, levantando os ombros.

– A galera filosofando... Quem diria, hein? – comenta **Do Contra**, ainda surpreso, com Mônica e Magali, que não perde a oportunidade de beliscar um biscoitinho em formato de filósofo, é claro.

Enquanto orienta as duplas pela sala, Cebola encara Mônica nos olhos e dá uma piscada para ela, sorrindo. Mônica retribui o sorriso, assentindo levemente com a cabeça. Se por um lado as duplas discutem de forma respeitosa aplicando a Filosofia de forma prática ali bem na frente deles, por outro, o debate particular entre os dois havia finalmente terminado, e Mônica sentia-se bastante satisfeita com isso.

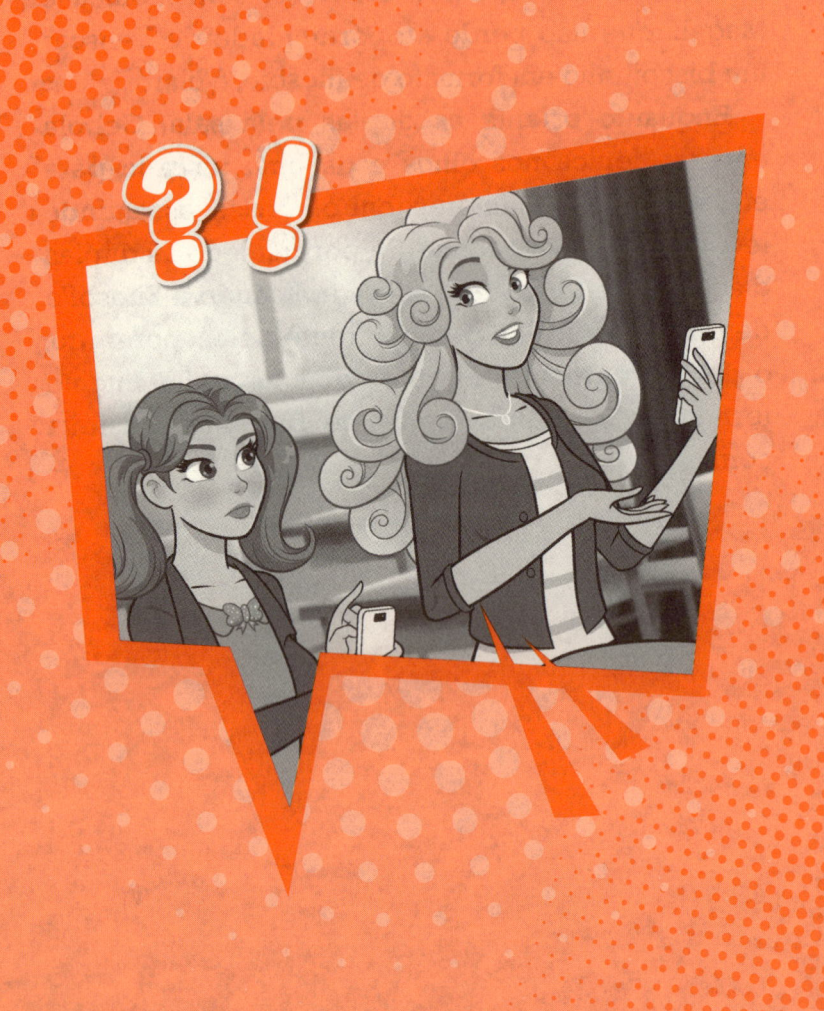

"Operação mil *likes*"

Depois da derrota nas eleições para o grêmio estudantil, Carmem e Denise passam a se dedicar cada vez mais às redes sociais. Todos os dias, as duas alunas mais populares da escola Limoeiro postam uma novidade para "bombar" nas redes e com isso angariar cada vez mais seguidores. Só que nem sempre os vídeos e *posts* têm a resposta que elas esperam.

O último vídeo de Denise, por exemplo, teve consequências desastrosas. Há alguns dias, ela vem pensando no que fazer para recuperar os seguidores que perdeu e voltar a aumentar suas curtidas.

Carmem, por sua vez, está numa fase em que o número de seus seguidores só faz crescer e, por incrível que pareça, até ela está meio de saco cheio de ter que lidar com isso.

– Não aguento mais responder meus fãs! – desabafa a menina para Denise, enquanto mexe no celular antes que o professor entre em sala de aula. – Desde que comecei a postar foto de cachorro vestido como gente, isso aqui tá uma loucura.

Sentada em cima da carteira de Denise, Carmem vira a tela do celular para a amiga, exibindo um cachorro vestido com uma jaquetinha *jeans* customizada e óculos escuros ao lado de uma guitarra irada.

— Ai, tadinho! É seu esse cachorro?

— Não, mas dá *likes*, né? Já tô com 100 mil seguidores. E você, como está aí?

Denise olha a tela do seu celular e suspira. Ela acaba de perder mais um seguidor – de 2 mil, o número cai para 1999.

— Hum. Tá mais ou menos...

— Também, né? Aquele vídeo que você fez... Destruiu sua reputação. Não sei de onde você tirou a ideia de que fazer um *react* falando **aquilo tudo** ia dar *likes*... Você disse umas coisas meio *bad vibes*, né? Eu achei mara, mas o povo não curtiu.

— Puxa, mas eu logo deletei! Não posso ser massacrada por uma coisa que ficou *on-line* por míseros 15 minutos!

Antes que Denise dissipasse a má lembrança de sua cabeça – ela havia afirmado que sentia vergonha alheia das pessoas do vídeo que comentou, mas, no fim das contas, quem tinha passado vergonha havia sido ela –, o professor Rubens entra na sala acompanhado de uma aluna nova.

— Bom dia! Esta aqui é a Isadora, aluna nova. De agora em diante, ela vai estudar com a gente.

Denise e Carmem analisam a garota. Cabelos loiros, olhos verdes, um sorriso tímido e o corpo acima do peso, Isadora agradece e se senta. Carmem cochicha com Denise:

— Olha só... Não vai fazer piada de mau gosto de novo, hein?

– Claro que não. Eu vou é melhorar minha imagem – diz Denise, tendo uma ideia, enquanto observa Isadora abrindo o caderno e pegando um lápis. Em seguida, ela se vira de novo, saca o celular e faz uma *selfie* fazendo um V de vitória. – *Hashtag* operação mil *likes*!

Na saída da escola, Mônica, Magali e Cascuda conversam sobre o Festival de Inverno que acontecerá no dia seguinte. Elas se inscreveram para participar, mas demoraram a decidir o que fazer e acabou ficando em cima da hora.

– Gente, o Festival de Inverno já é amanhã! Vamos escolher qualquer coisa! – exclama rapidamente Cascuda, preocupada.

– Então, vamos de Mamãe Noel! Qual é o problema? – sugere Mônica.

– O problema é que a gente tá em junho – opina Magali revirando os olhos.

– Mas ainda estão vendendo panetone!

– Ah, não, gente. Se for assim, eu tô fora – diz Cascuda impaciente.

Magali suspira e vê Isadora, a aluna nova, num canto do pátio sozinha. Ela acena e a chama para participar da conversa:

– Oi, Isadora! Tudo bem? Chega mais. Seja...

Antes que Magali termine de falar, Denise chega atropelando as três e se coloca entre elas e Isadora.

– Bem-vindaaa! – exclama Denise. – Ai, você é tão legal! Sabe que eu amei a sua presença de palco na frente da classe? Saquei na hora seu dom pra *high society*! Fiquei tão orgulhosa de mim mesma!

– Obrigada... – agradece Isadora, meio confusa.

– O que você acha de a gente sair hoje mais tarde? Fazer umas comprinhas glamourosas, passear?

– Ah, gente! Não esquece que hoje é a inauguração da padoca móvel do Quinzinho! – lembra Magali.

– Ai, é verdadeeee! Melhor ainda! Pão é *glamour* milenar! Então, eu espero você lá, hein, Isa? – conclui Denise, saindo cheia de animação.

Mônica franze o cenho, achando estranho, mas prefere não dizer nada.

– Quem é essa? – pergunta Isadora, um pouco perdida, e aponta para a garota se afastando.

– A Denise. A menina mais popular da escola – responde Cascuda, com cara de poucos amigos.

– Sério? E ela gostou de mim? – pergunta Isadora, em tom surpreso.

Enquanto vê Denise se afastar, Mônica, Magali e Cascuda olham desconfiadas. Isadora, por sua vez, abre um sorriso, orgulhosa de saber que alguém tão importante na escola faz questão da companhia dela. Até que, para o primeiro dia, ela estava indo bem.

As meninas não faziam ideia, mas Isadora estava bastante apreensiva para aquele primeiro dia de aula. Depois de tudo que ela tinha passado na escola antiga, parece que no fim das contas sua mãe estava certa, e a Escola Limoeiro era mesmo o melhor lugar para recomeçar...

Assim que atravessa o portão da escola, Denise dá de cara com Carmem, que tinha assistido à cena toda de longe.

– O que você quer com aquela garota, hein? – pergunta ela, enciumada.

– AAAAH! Carmem, quer me matar do coração? Não sabe que gritar desse jeito dá pé de galinha?! – diz Denise, depois de levar um baita susto.

– Não muda de assunto, Denise! – exige Carmem, de braços cruzados.

– Relaxa, *miga*... É só um plano! Eu vou tirar um milhão de *selfies* com ela.

– E pra que isso?

– Ué, pra todo mundo ver que eu sou uma garota legal, que acolhe novos alunos... E o mais importante: os desajustados, os invisíveis que nunca seriam notados, se não fosse por mim! Denise, a popular, fazendo o bem! – vibra Denise.

– Amiga... Você é um gênio! – elogia Carmem.

– Escreve o que eu tô dizendo: essa Isa vai me ajudar a voltar pro lugar de onde eu nunca deveria ter saído: ao topo dos *trending topics*! – afirma Denise muito entusiasmada.

Desde o seu vídeo polêmico, Denise tinha perdido popularidade, mas agora aquela amizade era a oportunidade ideal para que ela mostrasse uma Denise diferente, pelo menos nas redes sociais...

À noite, a galera está toda reunida em volta do *food truck* do Quinzinho: ao som de uma música animada, Cascão e Cebola conversam sobre *videogame* enquanto saboreiam seus sanduíches sentados à mesa; Jerê e Titi comentam a última série de exercícios que o *personal* tinha passado para eles na academia; Marina e Franja experimentam uma guloseima atrás da outra; Mônica, Magali e Cascuda alinham os últimos detalhes da apresentação do Festival do dia seguinte; Xaveco e Nimbus, por sua vez, escolhem o que vão comer no balcão; só Denise está sozinha, concentrada em arrumar milimetricamente um pão na palma da mão para tirar uma foto com o *food truck* ao fundo. Ela digita a legenda: "**#MELHORPÃO**".

– *Hashtag* melhor pão – diz no vídeo.

Depois de postar, Denise volta ao mundo real e vê quando Isadora chega. Um tanto tímida, a menina olha em volta à procura de um rosto conhecido. Denise se antecipa e vai ao seu encontro.

– Isabelaaaa! Você chegou – diz ela, festejando.

– Hê, hê, hê. É Isadora – corrige a menina, dando um risinho amarelo.

Denise a ignora e se aproxima fazendo pose e empunhando o celular.

– *Bora* tirar uma *selfie*?

– Ai, não. Eu vim direto da aula de dança, meu cabelo tá um horror – responde a menina, aflita.

– Imagina! Você está linda com esse *look*! Não aceito não como resposta. Sorria, vai – insiste Denise, apertando o botão do celular com agilidade, antes que Isadora pudesse se esquivar.

– NÃO! – exclama a menina, que acaba sorrindo.

– Pronto! Olha aqui! Ficou incrível! – afirma Denise, mostrando o celular para Isadora, que fecha os olhos, mas logo abre e fica impressionada com a foto.

– Nossa. E não é que eu saí bem? Como você conseguiu isso?

– Fácil, né? Eu sou uma fotógrafa de *selfies* profissional – gaba-se Denise, mexendo no celular. – *Pera* aí que eu já volto!

Denise se afasta e posta a foto imediatamente. Ela olha fixamente para o celular e fica esperando até as curtidas começarem.

– *Likes, likes, likes...* – repete Denise, entusiasmada, à medida que algumas pessoas começam a curtir e comentar o *post*. Parece que sua estratégia desta vez começou dando certo.

No dia seguinte, no corredor da escola, Denise dá uma última checada na rede social para ver como anda a repercussão do *post* do dia anterior.

– **YEAAAAAAAH!** – comemora ao ver a quantidade de *likes*.

– Quem morreu? – pergunta Carmem, se aproximando curiosa.

– A velha Denise, Carmenzinha! Meu plano tá funcionando! Quase mil *likes* desde hoje cedo! – exclama Denise, mostrando o celular com a foto dela e Isa juntas. – E dá só uma olhada nos comentários: "Você mudou, hein?"; "Parabéns, tem meu respeito". "Isso que é humildade pra admitir o erro!". Tá vendo? Eu sou humildemente genial! – conclui ela, se vangloriando.

– É mesmo! Bate aqui, amiga! – propõe Carmem, dando um *high five*, mas quem acaba levando uma palmada no rosto sem querer é Xaveco, que passou bem na hora e não tinha nada a ver com a história.

— Ai! Obrigado. Estava mesmo precisando de contato humano — ironiza ele, massageando o rosto e seguindo em frente.

Carmem olha com desdém para Xaveco e em seguida procura Denise, percebendo que a amiga tinha ido cumprimentar Isadora.

— Isaaaa! Vamos ao *shopping* hoje à noite? Quero mostrar uma loja ma-ra!

Isadora sorri e as duas saem juntas de braços dados, conversando. Enciumada, Carmem faz cara feia e cruza os braços, enquanto observa as duas caminhando pelo corredor. Denise nem sequer lhe dá tchau. *É só por um tempo*, pensa Carmem.

O que ela não imagina é que essa aproximação não vai parar por ali. Pelo contrário, à medida que os dias vão passando, Denise e Isadora andam cada vez mais juntas — e claro que Denise faz questão de registrar tudo em seu perfil na rede social, que aliás está bombando. Da ida ao *shopping* — transformada numa verdadeira aventura com fotos divertidas tiradas em frente ao espelho do provador das lojas — à preparação de *cupcakes* juntas — com direito a foto das duas misturando os ingredientes na vasilha. Do momento de provar o *cupcake* — afinal, "somos livres pra comer o que quisermos!", escreve Denise na legenda do *post* — à hora de estudo em que "amigas se ajudam" lendo a matéria juntas.

Depois de alguns dias, até um momento de descanso das duas sentadas na arquibancada da pista de *skate* da pracinha vale uma *selfie*, um registro. E de tanto Denise postar, Isadora já faz pose e sorri para as fotos, sem nenhum constrangimento. Afinal, quem não gosta de registrar momentos legais com os amigos?

Bem na hora que Denise vai postar essa última foto, porém, a bateria do celular dela acaba e o telefone desliga. Em pânico, ela tenta desesperadamente religá-lo, sem sucesso.

— Ai, meu celular morreu! Cadê meu carregador? – questiona-se ela, enquanto derruba tudo de dentro de sua mochila na tentativa de encontrá-lo.

— Será que você esqueceu em algum lugar? – pergunta Isadora, querendo ajudar, enquanto olha todas aquelas coisas espalhadas no chão: batom, rímel, carteira, brinco, e por aí vai.

– No meu quarto. Vamos lá pra casa!

Denise guarda tudo de qualquer jeito e sai às pressas, puxando Isadora pela mão. De repente, ela para no final da arquibancada, como se lembrasse de alguma coisa.

– Ai, não! Não vai adiantar. Minha mãe levou minha chave, vou ter que esperar ela voltar – diz ela, levando a mão à cabeça e começando a entrar em desespero.

Percebendo o nervosismo da amiga, Isadora tenta amenizar a situação.

– Calma, Denise! É só um celular.

– Mas o que eu vou fazer agora nesse meio-tempo? Não sei se vou sobreviver. Pega uma caneta, vou ditar meu testamento – diz ela, ofegante, começando a sentir falta de ar de ansiedade. Como se deixasse a amiga passando mal, Isadora se vira e sai andando. – Aonde você vai? Não me deixa aqui sozinha!

– Eu já volto – diz ela, séria.

Isadora pega seu celular na bolsa e coloca em cima da arquibancada. Ela escolhe uma música – "Pancadão Loko", DJ Esquilo – e aperta o *play*. Uma batida forte começa a tocar enquanto Isadora se encaminha para a quadra.

– O que você está fazendo? – pergunta Denise, franzindo o cenho.

– Nunca achei que fosse dividir isso com alguém – diz Isadora, enigmática. Ela então se vira e, acompanhando perfeitamente o ritmo das primeiras batidas da música, começa a dar alguns passos. – Eu me acalmo dançando. E hoje você também vai aprender a se acalmar como eu.

Quando a música assume um ritmo mais intenso, Isadora começa a dançar com destreza, fazendo passos elaborados. Denise olha incrédula, totalmente impressionada com a habilidade da amiga. Quando dá por si, começa a se movimentar um pouco também. E à medida que se entrega à batida da música e acompanha o ritmo da amiga, toda a tensão que estava sentindo diminui e sua respiração começa a voltar ao normal.

De repente, Isadora se aproxima dela fazendo *moonwalk* e puxa Denise pelo braço para o centro da quadra.

– Vem dançar!

– Hein? Eu não sei dançar essa música! – responde Denise, constrangida.

– Relaxa! É só deixar rolar! – Isadora movimenta os braços no ritmo da música, mexendo todo o corpo ao mesmo tempo. – Agora você! Vai!

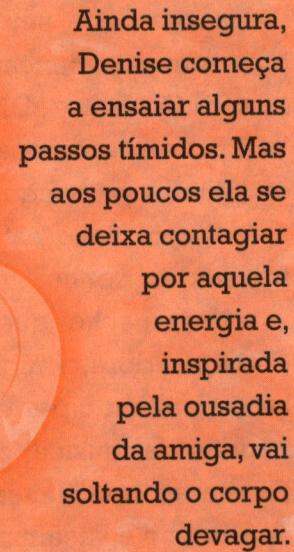

Ainda insegura, Denise começa a ensaiar alguns passos tímidos. Mas aos poucos ela se deixa contagiar por aquela energia e, inspirada pela ousadia da amiga, vai soltando o corpo devagar.

Dali a pouco, as duas começam a dançar juntas, uma copiando o passo da outra. Enquanto Isadora faz passos cada vez mais elaborados, Denise tenta acompanhar, deixando-se levar por aquela liberdade a cada movimento. Ela então sorri, totalmente aliviada.

— Gente! Não é que tá funcionando? — pergunta ela, surpresa. A impressão que tem é a de estar flutuando, totalmente entregue.

Sem que percebam, as duas são observadas por ninguém menos que Carmem, que passa ali perto bem na hora que elas estão dançando juntas e fica totalmente transtornada ao vê-las assim tão unidas. O mais impressionante é que Denise não parece estar fingindo, seu semblante de fato mostra que está gostando de ficar na companhia de Isa.

Irritada, Carmem apressa o passo e vai embora antes que as duas dançarinas a vejam. *Agora não tem jeito*, pensa ela, *preciso fazer alguma coisa para acabar com essa amizade descabida*.

Quando a música termina, Denise e Isadora se deitam no gramado de barriga para cima, exaustas.

Os últimos raios de sol iluminam o rosto das duas amigas, que respiram fundo, olhos fechados, deixando a brisa bater no rosto para refrescar.

– E aí? Tá melhor? – pergunta Isadora, virando-se para Denise.

– Tô, sim. Você dança muito bem! – elogia Denise, ainda deitada olhando para o céu.

– É. Eu não costumo dançar na frente das pessoas. Eu morro de vergonha... – Isadora ruboriza. – Mas sabe que passar esse tempo com você está me deixando muito mais confiante?

– Por que você não se inscreve no Festival de Inverno? Acho que as pessoas iam curtir – sugere Denise, com sinceridade, sentando-se de frente para ela.

– Ai, será?

– Sério, você arrasa! Se eu tivesse um talento assim, ia querer mostrar.

– Obrigada, Denise. Você é minha primeira amiga de verdade – diz ela, sorrindo.

Ao ouvir isso, Denise arregala os olhos, mas logo disfarça e devolve o sorriso, constrangida. Embora se sentisse culpada por ter se aproximado de Isadora por puro interesse, isto é, para melhorar sua reputação nas redes depois daquele vídeo, agora não era mais o caso. A cada dia que passavam juntas, sentia mais afinidade com Isadora, uma afeição genuína. *Agora é isso que importa*, diz a si mesma, envolta em seus pensamentos.

Depois de se despedir de Isadora, Denise segue distraída pela rua a caminho de casa. De repente,

Carmem surge à sua frente, estendendo o braço, como que para fazê-la parar. Denise tem um sobressalto.

– Amiga... Que susto você deu na gente! O que aconteceu? Onde você estava que ficou mais de uma hora sem postar nada? Tava quase ligando pra polícia... – diz Carmem, com um leve tom de sarcasmo.

– Ah, só por isso? É que acabou a bateria do meu celular – explica ela, com tranquilidade.

– E você não passou mal?

– Eu tava com a Isa, ela me acalmou. A gente ficou dançando, foi *mó* legal. Eu nem vi o tempo passar.

– Espera aí. Quer dizer então que vocês estão ficando amigas de verdade? – pergunta Carmem, surpresa e ao mesmo tempo indignada. E emenda, sacudindo a amiga pelos ombros: – Quem é você e o que você fez com a Denise?! E cadê aquele papo de: "Me colore que eu tô bege! Vocês estão vendo isso, gente? Ai, tô passada!", do vídeo que você fez?!

– Hã... Eu não penso mais assim. Acho que mudei! – diz ela, com uma leveza que Carmem nunca tinha visto nela. – Ai, quer saber? Dançar cansa demais. A gente se vê amanhã no festival, tá?

Denise dá um tchauzinho e sai andando, deixando Carmem para trás.

– Aham – concorda Carmem, já sozinha. Em seguida, ela diz entre os dentes: – *Hashtag* amiga traíra.

No dia seguinte, o pátio da escola estava transformado numa espécie de arena de *show*. Um palco havia sido montado bem no centro e os alunos se aglomeravam embaixo para assistir às apresentações do pessoal.

O primeiro a se apresentar é Xaveco. Vestido como um *rapper* americano, ele até demonstra confiança ao apresentar um número de *beatbox*. No entanto, o único da plateia que parece gostar é **Do Contra**. Os outros fazem caretas enquanto Xaveco faz barulhos descoordenados e sem ritmo com a boca, cuspindo sem querer nas pessoas e cantando uma letra tosca:

– Eu digo chave, você diz eco. Eco, eco, a chave que abre seu coração!

Denise, a apresentadora oficial dos eventos da escola, aguarda entediada a apresentação acabar. Quando termina, Xaveco abre os braços e deixa o microfone cair no chão, saindo do palco sob aplausos de alguns poucos estudantes, dentre eles **DC**, que vibra cheio de entusiasmo, como se tivesse adorado a apresentação do colega.

– Parabéns, Xaveco! Superou, hein? – comenta Denise, quando Xaveco passa por ela na coxia. Alguns segundos depois, completa: – Bateu o recorde de vergonha alheia.

Titi e Jeremias, que eram os próximos a se apresentar e aguardavam ao lado dela o momento de entrar, caem na gargalhada.

– Há, há, há!

Denise pega o microfone babado com nojo e anuncia a próxima apresentação.

– Agora, com vocês... Titi e Jeremias fazendo suas incríveis flexões.

Os dois amigos vão para o centro do palco e exibem os músculos. Em seguida, começam a se exercitar de forma ritmada.

– Um, dois, três... – conta a plateia.

Enquanto isso, na sala de aula improvisada como camarim, Isadora se olha no espelho para terminar de se maquiar. No fim das contas, ela havia decidido se inscrever, muito por causa do incentivo de Denise. Ainda um pouco insegura, diz a si mesma:

— Coragem, Isadora! Você vai arrasar!

Em meio às araras de roupas e ao corre-corre típico dos estudantes que vão participar do festival, há alguém que não vai fazer número algum, mas que encontrou a oportunidade perfeita para resolver algo que a está incomodando há dias. Carmem atravessa a sala e dá um sorriso malicioso ao encontrar Isadora ali, exposta e sozinha.

Pelo reflexo do espelho, Isa percebe quando Carmem se aproxima.

— Oi, Isa. Tem um minutinho? Eu queria mostrar uma coisinha.

Sem nem dar chance à menina de responder, Carmem empunha o celular e dá *play* em um vídeo que havia sido deletado das redes umas semanas antes. Em meio a toda movimentação por detrás delas, um silêncio sepulcral toma conta de Isadora, que assiste em estado de choque ao tal *react* que Denise tinha apagado um dia antes de conhecê-la.

Sem nem imaginar o que está acontecendo, Denise está no palco contando com a voz entediada as últimas flexões de Titi e Jeremias, que a essa altura estão completamente suados e quase morrendo de cansaço.

– Ah... 98... 99... e 100! Conseguiram! Nossa, que legal – diz ela, sem nenhum entusiasmo. Ao fim, Titi e Jeremias precisam sair praticamente carregados do palco. Denise nem liga e logo emenda chamando as próximas participantes: – E agora... Marina, Magali, Mônica e Cascuda! Dançando... *Jingle Bells*? É isso mesmo, gente?!

Com um gorro de Papai Noel na cabeça, as quatro se posicionam no palco com os braços para cima e começam a dançar ao som de uma música instrumental de Natal. Enquanto Mônica, Magali e Marina sorriem, Cascuda não disfarça o desconforto de estar ali. Já Denise observa chocada as colegas dançando todas atrapalhadas e de forma dessincronizada. Um espectador não aguenta e grita da plateia:

– O que vocês estão fazendo aí? Nem é Natal!

– Não disse? – rosna Cascuda irritada, olhando feio para Mônica.

Constrangida, Mônica se atrapalha e acaba dando sem querer um soco na cara da Magali.

– Ai! – reclama a menina.

– Foi mal, Magá – desculpa-se Mônica, de canto de boca.

– *Aff*, tem gente que não se enxerga mesmo – resmunga Denise, consigo mesma.

Sem aguentar ver o restante da apresentação, Denise deixa o palco e resolve dar um pulo nos bastidores. No meio do caminho, porém, dá de frente com Isadora, que está com a maquiagem toda borrada e cara de choro. Preocupada, Denise pergunta:

– Isa! O que aconteceu?

– Foi por isso que você falou pra eu me inscrever, né? Pra me humilhar – dispara Isadora.

– Quê? Do que você está falando?

– Disso aqui – responde a menina, sacando o celular e dando *play* num vídeo para Denise assistir.

O vídeo mostra Denise de frente para a câmera comentando um outro vídeo que está passando na tevê atrás dela. Nele, três meninas gordinhas fazem uma coreografia de balé e dançam muito bem sincronizadas. Elas estão vestidas com roupa de ginástica, como Isadora costuma se vestir.

Denise assiste a si mesma falando para a câmera: "Gente!! Tô cho-ca-da. Agora, qualquer uma acha que pode ser bailarina? Tem que ter classe, tem que ter envergadura, tem que ter *finesse*! Tipo assim, ser meio uma Denise. Olha essas meninas! Ai, não dá! Há, há, há!".

Constrangida, Denise termina de ver o vídeo e se mostra desconsolada. Isadora, por sua vez, vira as costas sem dizer nada, tamanha a decepção.

– Isa, eu não sou mais assim – diz Denise na tentativa de se explicar.

– Não acredito que caí nesse seu papinho... – responde Isadora, virando-se para ela outra vez, os olhos cheios de lágrimas. – Você é igual às pessoas da minha outra escola, que me tratavam mal e só queriam me botar pra baixo. Tive até que sair de lá! Achei que aqui seria diferente... Mas pelo menos você conseguiu o que queria, né? Milhares de novos seguidores... Agora, é popular de novo!

– Não, Isa. Espera!

Mas é tarde demais. Isadora vira as costas e vai embora chorando.

Arrasada, Denise ergue os olhos e nota que Carmem estava ali o tempo todo assistindo à conversa, sentada nos degraus da escada. Ela se mostra satisfeita em ver que a amizade entre Denise e Isadora tinha acabado, mas quando cruza o olhar com a amiga, disfarça mexendo no celular. Embora fique com raiva na hora, Denise não faz nada, de tanta tristeza. Então, depois de um longo suspiro, toma uma decisão drástica: pega o celular e começa uma *live*, ali mesmo, na qual anuncia:

– Meus fiéis seguidores, este vídeo é um adeus.

Vou deletar minha conta. Agora. É que eu descobri que nenhuma curtida vale mais do que o abraço de uma amiga verdadeira. Tenham uma boa vida! *Hashtag* adeus.

Os amigos de Denise que estão *on-line* ficam chocados. Por toda a escola, não se fala em outra coisa.

— A Denise o quê?! – pergunta Xaveco.
— Vai deletar o perfil dela – afirma Titi, abismado.
— Impossível! – exclama Jeremias, incrédulo.

Até as meninas que estão no palco repercutem a notícia depois de darem uma espiadinha no celular no final da apresentação:

— Será que não é pegadinha? – pergunta Magali, duvidando, enquanto dança.

— Pior que parece que é verdade – comenta Cascuda em voz baixa.

— Nunca achei que esse dia fosse chegar – diz Mônica, tentando não errar o passo.

Já do lado de fora da escola, Isadora vê quando Denise exclui a conta. Por essa, ela não esperava.

—Nossa, ela apagou mesmo... – diz ela, boquiaberta, olhando o celular.

É então que ela ouve alguém chamando seu nome.

– Isa! – Denise chega correndo e, mesmo hesitando, diz: – Eu queria dizer que... Você é muito importan... Eu adorei pas... Você é minha amiga... Eu mudei – por fim, se aproxima dela e, segurando em suas mãos, com os olhos marejados, consegue concluir o que queria dizer: – Eu só queria pedir: por favor, não deixa de dançar por minha causa.

Cabisbaixa, Denise volta para a escola e Isadora fica parada do lado de fora pensando: seria verdade que Denise tinha mudado? Ela parecia arrependida, mas será que era para valer?

Para Isadora, a dança era uma forma de se expressar e ela havia mostrado isso só para Denise, com quem agora estava muito decepcionada. Será que valeria a pena mostrar sua dança para as outras pessoas também? Ela precisa decidir logo, antes que o festival acabe. É, então, que ela respira fundo e toma sua decisão.

No palco, Mônica, Magali, Marina e Cascuda terminam a apresentação diante de uma plateia completamente entediada.

– Feliz Natal pra todos! Feliz Nataaaal! – canta Mônica, enquanto as quatro finalizam fazendo uma pose e deixando o palco.

Ainda triste, Denise olha para as fichas em sua mão para anunciar a próxima apresentação.

– E o próximo número é... Ah, não, acabou. Bom, gente. É isso aí, este foi o Festival de Inverno. Até o ano que vem!

Quando todos estão prestes a aplaudir para ir embora, ouve-se uma voz conhecida:

– Espera! – Denise se vira para olhar e vê ninguém menos que Isadora, pronta para dançar!

– Isa!

– Ainda dá tempo de eu me apresentar?

Denise não se contém, abre um largo sorriso e anuncia entusiasmada:

– Pessoal! Temos ainda a nossa última atração! A melhor de todas! Só podia ser minha amiga mesmo, né? Hê, hê, hê. Com vocês... Isadora!

Ela corre até Isadora e a abraça. A menina retribui o abraço e vai para o centro do palco. A música toca e Isadora começa a dançar. A cada passo que dá, a plateia vai à loucura.

– Nossa, ela dança muito!

– Como ela é talentosa!

Todos ficam de olhos vidrados em Isadora, inclusive Denise, que agora está na coxia vendo sua amiga brilhar sob os holofotes do palco. Sem que perceba, Carmem chega por trás dela, debochando:

– Olha só que história linda de redenção! Meus parabéns... – mas em seguida emenda: – Só não se esquece de mim, tá?

Denise olha para ela finalmente entendendo a razão de tudo aquilo.

– É óbvio que não! Você é insuportável, mas também é minha amiga, fazer o quê? – diz ela, abraçando Carmem. Então completa: – Só nunca mais faz isso comigo. Senão, você vai ver.

– Tá legal.

As duas riem e se voltam outra vez para o palco.

– Manda ver, Isa!

Enquanto Isa arrasa no palco, Denise fica duplamente feliz: pelo sucesso de sua grande amiga e por tudo estar resolvido entre elas, e também com Carmem, sua outra *best*.

A verdade é que a chegada de Isadora tinha lhe mostrado que a aparência é o que menos importa, o que vale é o que a pessoa é! É sobre ter e **ser** uma amiga de verdade. Isadora era exatamente isso para ela. E, agora, Denise podia se orgulhar e dizer que era isso para ela também.

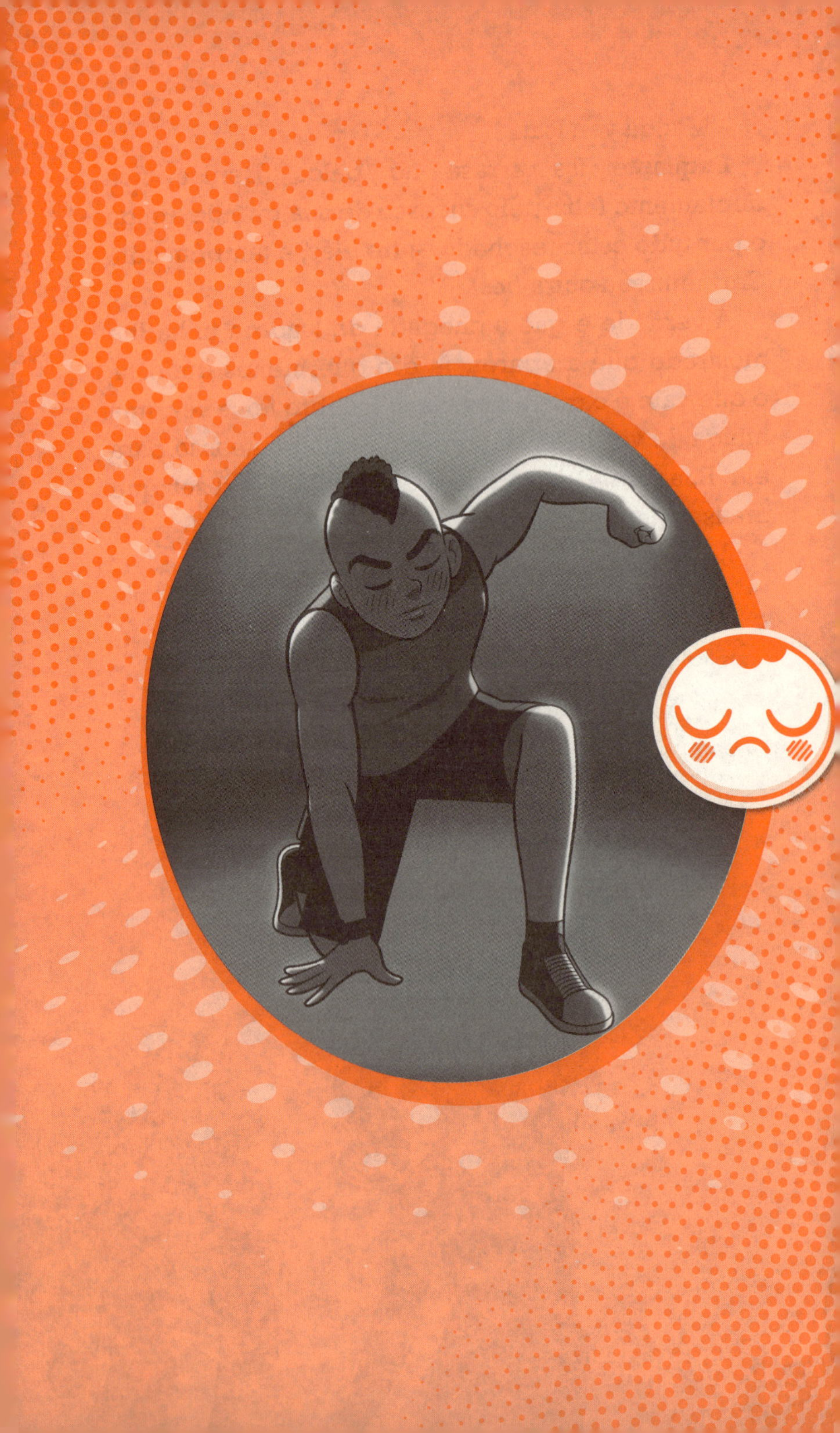

"Sobre Meninos e Meias"

Os dias passam e, desta vez, o único holofote que está aceso é o da quadra de esportes da escola. Os alunos estão gritando, mas o competidor que está na quadra se concentra apenas em vencer. Ele não olha para a arquibancada de onde os amigos gritam seu nome, nem para os obstáculos à sua frente, somente para o objetivo final, a linha de chegada em frente a um enorme paredão.

De uns tempos para cá, Cascão tinha descoberto um novo esporte: o *parkour*, uma espécie de corrida de obstáculos urbana – que pode ser feita tanto em espaços abertos quanto fechados – em que o objetivo é se deslocar e saltar barreiras como barras, corrimãos, muros e paredes, usando apenas o próprio corpo, superando assim os próprios limites.

Quando a escola incorporou o esporte à lista de atividades da Educação Física, Cascão não pensou duas vezes e mergulhou de cabeça nos treinos para participar das competições.

Além do preparo físico, o foco é crucial nesse processo, e é por isso que agora Cascão não pode pensar nem no que está acontecendo do lado de fora nem no que sente do lado de dentro. Então, quando a sirene toca, ele simplesmente pega impulso e começa a correr.

Na arquibancada, os amigos da Turma fixam os olhos nele: Mônica, Cebola, Magali e Cascuda vibram vendo o amigo correr — Magali um pouco menos, pois suas mãos ficam ocupadas com a pipoca que comprou para segurar a fome até o almoço.

Acontece tudo muito rápido! Cascão salta o primeiro obstáculo, supera o segundo e, em seguida, já pega velocidade para o seu maior desafio: escalar o paredão colocado na quadra para saltar de costas a barra horizontal à sua frente e cair com os dois pés no chão na linha de chegada.

E ele vai. Ao dar de cara com o paredão, ele o escala a passos largos, numa velocidade impressionante. Ao chegar ao máximo de altura que consegue, dá um salto para trás, ultrapassando a barra horizontal, e cai cravando os pés no chão: bem na linha.

Todos aplaudem. Cascuda vibra de felicidade e Cebola grita lá de cima:

– Mandou bem, moleque!

Cascão comemora empunhando um dos braços para o alto. Então, se vira para o placar que já vai informar em que posição ficou em relação aos outros dois colegas que estavam competindo.

O primeiro é um menino um ano mais velho. Pelo que Cascão sabia, o garoto tinha muito mais tempo de experiência que ele no *parkour*. Já a segunda era uma menina que tinha um preparo físico e uma velocidade impressionantes. Quando surge a pontuação final na tela e vê sua foto em primeiro lugar, Cascão dá uma larga risada.

– Não acredito! Primeiro lugar! – exclama Cascuda da arquibancada, sacudindo Cebola, em êxtase.

– Aêêêê! – vibra Magali, que se empolga jogando a pipoca para o alto, derrubando o balde inteiro sem querer na cabeça de Cebola.

Só Mônica consegue comemorar sem tocar em Cebola. E pensar que, em outros tempos, ela voava para cima dele por qualquer coisa. Agora que não eram mais crianças, toda vez que eles se encostam por algum motivo, ela fica sem graça.

– Cascão! Cascão! Cascão! – o público começa a gritar o nome do vencedor.

Ao receber o troféu de campeão no pódio, Cascão o ergue para o alto e exibe um sorriso orgulhoso. Logo em seguida, porém, Mônica nota quando sua expressão de felicidade parece evaporar, assim que desce do pódio.

Cascão exibe um semblante triste. Mas a plateia está ocupada demais comemorando e nenhum dos seus amigos parece ver, exceto Mônica. Ele deixa a quadra ovacionado e aplaudido, mas a impressão que dá é que, em vez de radiante, está levemente abatido. Preocupada, Mônica fica se perguntando por quê.

No dia seguinte, as meninas chegam cedo à casa de Cebola para organizar a festa-surpresa de aniversário de Cascão. Magali entrega à Mônica uma sacola de compras cheia de itens de decoração de festa. Quando a menina abre, o primeiro item que aparece é um...

– Chapeuzinho do Ursinho Bilu? Magali, isto é pra festa de bebê! – reclama ela, franzindo o cenho.

– Ah, Mô, foi muito de última hora! Só tinha esse aí – justifica-se Magali, enquanto enche as bexigas sentada no sofá.

Nessa hora, Cascuda entra com duas sacolas repletas de guloseimas.

– Oi, gente! Cheguei. Em que pé vocês estão?

– Terminando aqui de decorar – responde Mônica, colando um cartaz de "Feliz aniversário" do Ursinho Bilu na parede.

– E o Cascão? – pergunta Magali, deixando escapar uma bexiga da boca que vai parar sem querer na cara de Mônica.

– Nem desconfia. Quando estiver tudo pronto, vou lá chamar ele. Ele adora festa-surpresa – diz Cascuda, colocando as compras sobre a mesa.

– Mas ele tá bem? – pergunta Mônica, aproveitando a oportunidade para descobrir se Cascuda sabia de alguma coisa.

– Como assim?

– Sei lá. Achei ele meio estranho ontem.

– Imagina, amiga! Ele tá ótimo. Bom, agora vou buscar o bolo – emenda ela, mudando de assunto. – Enquanto isso, você pode comprar o presente?

– Claro! O que a gente vai dar?

– Ah, escolhe você. O Cascão é mega de *buenas*. Ele gosta de tudo.

– Mas... Você não tem nem uma sugestão? – insiste Mônica em tom de dúvida.

– Humm. Já sei! Compra meias. Ele adora meias. Usa todos os dias – responde Cascuda já da porta, saindo em seguida.

Não satisfeita, Mônica resolve subir até o quarto de Cebola para pedir ajuda. Quando abre a porta, o amigo está vidrado no *videogame* e nem sequer olha para ela. Mônica para na frente da tevê e pergunta:

– Não vai ajudar na festa?

– Eu já ajudei... Emprestando minha casa – responde ele desviando a cabeça de um lado para o outro para enxergar o jogo na tevê.

– Tá, então me diz. Que presente eu compro pro Cascão? – questiona ela, de braços cruzados.

Cebola pensa um pouco.

– Hummm, meias? – sugere ele, sem dar muita atenção. – Agora será que você pode me dar licença?

– Ah, não! Você também?! Quer saber? Desliga esse *videogame* e vem comigo. Não é possível que a gente não encontre um presente mais legal que isso para o Cascão. *Bora!* – Mônica desliga o botão da tevê e puxa Cebola pela mão, para que se levante da cama. Ele resmunga, mas acaba aceitando e indo com ela.

Mônica arrasta o amigo pela rua, enquanto olha as vitrines. Entediado, Cebola fica mexendo no celular.

— Eu já falei... Compra qualquer coisa...

— Qualquer coisa não existe. Pensa aí! Roupa? Livros? Ai, que difícil.

Eles andam mais um pouco e Cebola avista uma revista do Capitão Pitoco na vitrine de uma livraria.

— Ali, ó! Gibi do Capitão Pitoco! Ele vai curtir — sugere ele.

— Você não sabe que o Cascão tem toda a coleção do Pitoco? Ele vive se gabando disso — argumenta Mônica, irritada. Então, ela abaixa a cabeça, pensativa e preocupada. — Estranho.

— Estranho o quê?

— A gente conhece o Cascão há um milhão de anos e não consegue nem escolher um presente! Não é possível que ele só goste de meias e do Capitão Pitoco. Deve ter alguma coisa a mais que a gente não sabe — enquanto os dois olham as revistas e livros pela vitrine, Mônica continua refletindo sobre o assunto: — Tipo ontem. Ele ficou em primeiro lugar, mas parece que não estava tão feliz assim.

Mônica recorda a expressão melancólica do amigo depois da vitória do dia anterior. Alguma coisa não estava bem com ele, tinha certeza disso.

Por mais que Cascão tenha sido um garoto tranquilo, do tipo que sempre está bem, Mônica sabia que, assim como todo mundo, ele também se chateava algumas vezes, só preferia não falar. Aliás, será que ela e os outros amigos dele tinham a ver com o que Cascão vinha passando? Será que não deveriam se fazer mais presentes de alguma forma? Eram muitas perguntas que Mônica não conseguia responder. Então, ela desperta com a risada de Cebola discordando.

– Há, há, há, há. O Cascão?! Há, há, há! Que viagem, Mônica! O Cascão não tem nada disso. Vai por mim – garante Cebola, se divertindo.

– Mas ontem achei ele estranho, lá no campeonato. Meio pra baixo – insiste Mônica, cruzando os braços.

– Eu não vi nada de mais – diz ele, dando de ombros. Nisso, o celular do Cebola vibra. Ele tira o aparelho do bolso e vê a mensagem de Jeremias chamando os meninos no grupo para jogar. – Vixe. Tenho que ir lá no campinho. A galera está me esperando.

Ele sai andando apressado, mas Mônica o chama:

– Ei, espera! Os meninos estão lá?

Cebola para e se vira de novo para ela.

– Aham. Por quê?

– Eu vou junto, então. Eles devem saber mais do Cascão do que você! – exclama, acelerando o passo e deixando Cebola para trás.

Os dois chegam ao campinho e Titi, Jeremias e Nimbus já estão no aquecimento. Quando Nimbus atravessa o campo para pegar alguma coisa na mochila, Mônica o interpela para sondá-lo, na tentativa de descobrir o que poderia dar ao Cascão de presente. Ela pega seu caderninho e vai direto ao assunto.

– Conta aí, Nimbus, do que o Cascão gosta?
– O Cascão? Ah, ele curte esportes.
– Sério? – Mônica revira os olhos, mas em seguida se lembra do quanto Nimbus é um fofo e tenta relevar a resposta superficial dele. – Quer dizer... Tá... Do que você acha que ele gosta mais?
– Ah. Ele é doido por futebol. Não perde uma oportunidade de bater uma bola.
– Hum. Se ele gosta tanto de futebol, então por que não veio treinar hoje?
– Ah, porque o Cascão é tranquilo, de *buenas* – responde Nimbus, fazendo um *hang loose* com uma das mãos.

Mônica não se dá por satisfeita, mas também não diz nada. Não adianta insistir. Será que meninos não prestam atenção em nada? Ou somente seus amigos é que são distraídos?

Vendo que os garotos estavam todos distraídos com alguma coisa antes do começo do jogo, Mônica pondera se não deveria ir embora. Afinal, está na cara que ela estava ali à toa, pois ninguém saberia o que dar de presente para o Cascão. Quando começa a se despedir de Nimbus, porém, uma bola passa voando entre eles e por pouco não os atinge. Mônica olha assustada bem na hora que Cebola passa perto deles no campo. Titi o vê e chama seu nome.

– Cebola! Busca a bola lá.

Contrariado, Cebola atravessa o campo bufando para fazer o que Titi está pedindo. Mônica percebe a irritação do amigo e olha para Titi e Jeremias, que continuam conversando:

– ...daí futebol é como namoro. É um jogo em que você tem que se aperfeiçoar. A cada partida, ganha mais experiência. Tipo eu, que já tenho muita prática. Você também. Já o Cebola é natural que tenha menos. Afinal, quase não joga. Há, há, há!

Com a bola de volta, Cebola questiona o assunto da conversa quando ouve seu nome.

– O que tem eu?

– A gente tá falando de namoro. E nesse assunto todo mundo sabe que você é meio devagar, né?

– Eu? Hã... – Cebola fica transtornado, e o fato de Mônica estar ali o deixa ainda mais tenso, a ponto de ele trocar o "r" pelo "l" como fazia na infância. – **Clalo** que não sou devagar! Aliás, sou muito **lápido**. Só não saio por aí falando das minhas conquistas. É **imatulo**. Quer dizer, imaturo – corrige-se ele.

– Há, há, há. Ah, moleque, relaxa! Você está muito tenso, vamos bater uma bolinha – diz Titi, enquanto dá um mata-leão "amigável" em Cebola, e Jeremias dá soquinhos, pressionando-a sobre a barriga dele, por pura implicância.

Mônica observa tudo, bastante incomodada. Por que meninos são assim? Por que alguns se tratam dessa maneira? E, principalmente, por que Cebola tinha fingido ser uma coisa que não era? Ou era e ela também não sabia?

Depois de tudo isso, Mônica resolve esperar o treino acabar para voltar pra casa com o amigo. As meninas já tinham avisado que estava tudo bem por lá e ela ainda tinha esperança de que Cebola se lembrasse de alguma coisa que pudesse ajudar em sua escolha do presente.

Por isso, quando o treino terminou, os dois voltaram caminhando lado a lado pelo centro comercial a céu aberto do Limoeiro. Só que, além de pensar no presente de Cascão, Mônica também não conseguia esquecer aquele papo antes do jogo. Então, quando param no semáforo para atravessar, ela não se contém e puxa o assunto com cuidado.

– O que foi aquilo com o Titi? Você ficou vermelho.

– Ah... Não é nada. Os moleques acham que têm que ficar provando um monte de coisa pra todo mundo – responde ele, querendo mudar rapidamente de assunto.

– Que tosco.

– Mas eles são legais – diz Cebola, adiantando-se para atravessar a rua e assim não ter que encarar Mônica. Então, se lembra: – Vixe. A Cascuda me mandou comprar um cartão pro Cascão. *Pera aí* rapidão, que já volto.

– Mas...

Antes que Mônica consiga dizer mais alguma coisa, Cebola entra no que parece ser uma papelaria bem ali ao lado. Às pressas, ele compra o primeiro cartão que vê pela frente.

– Pronto. Você entrega com o presente? – pede ele, aliviado, estendendo-lhe o cartão.

Mônica pega o papel para ler. Na capa, há a figura de um casal de velhinhos abraçados.

– "Feliz 50 anos de casados"? Este cartão não tem nada a ver com aniversário!

– Relaxa! O Cascão não vai ligar. Agora, deixa eu ir que tenho que tomar banho.

– Mas... Cebola! E o presente do Cas... cão? – pergunta ela. A essa altura, porém, Cebola já está longe. Mônica suspira cansada e vai sozinha atrás de um presente para o amigo.

Uma hora depois, Mônica chega à casa de Cebolinha com uma sacola de presente. Aquilo era o máximo que havia conseguido comprar. Ela deixa o pacote em cima do sofá e vê o que falta para terminar a decoração do aniversário, que mais parece uma festa infantil. Cebola, Cascuda e Marina correm de um lado para o outro para tentar finalizar os preparativos da comemoração.

— As velas! As velas! – exclama Marina, entregando-as às pressas para Cebola, com medo de que Cascão chegue a qualquer momento.

— Vem, gente. Ele já tá chegando – diz Cebola, espetando as velas no bolo sobre a mesa.

Então, Quim, Jeremias, Titi, Nimbus, Cebola, Marina, Franja e Mônica correm para se agachar atrás da mesa com o chapeuzinho do Ursinho Bilu na cabeça. Todos se espremem no pequeno espaço entre a parede e a mesa.

— *Aff*. Que calor. A gente precisa ficar mesmo aqui? – reclama Mônica.

— *Shhhh*! Tem alguém vindo – sussurra Marina.

Todos ficam em silêncio. A maçaneta gira fazendo um clique. Quando a porta se abre, eles se levantam animados e abrindo os braços!

— SURPRESA! – exclamam todos, sorridentes.

Ao entrar, Magali leva um susto com o barulho e acaba tropeçando e caindo no chão, derrubando o conteúdo da sacola que havia trazido.

— Magali, o que estava fazendo?

— Fui pegar uns limões no quintal, pra fazer limonada, ué! Afinal, nada melhor que um suquinho natural, não acham? – responde ela, sem graça, enquanto pega os limões que havia derrubado.

— Tá. Vem logo pra cá!

Magali corre e se enfia no vão atrás da mesa. Logo em seguida, a maçaneta da porta gira e faz um barulho outra vez.

— Vamos, pessoal! Abaixem-se novamente! Agora acho que é ele.

A porta se abre. Todos se levantam.

— **SURPRESA**! – gritam.

Quando olham, Cascão aparece sorridente em frente à porta, mas não reage, fica estático como se estivesse congelado.

— Hein?

– Cascão, você está bem?

– Calma, gente. É só o *display* que eu fiz pra homenagear nosso amigo – responde uma voz enquanto duas mãos aparecem apoiando-se nos ombros dele.

Xaveco sai de trás do *display*. Ainda não era o Cascão **de verdade**.

– Tá, Xaveco. Vem logo – chama Marina, meio impaciente. Ele então corre para se juntar à turma atrás da mesa.

Novamente, todos se abaixam e fazem silêncio. Até que ouvem outra pessoa mexer na porta.

– Agora é ele. Não é possível – diz Mônica.

A porta se abre. Todos se levantam, mas com muito menos energia.

– Surpresa... – eles dizem, quase sem ânimo algum. Quando olham em direção à porta, nada de Cascão. Em vez dele, Cascuda entra com uma cara péssima.

— Cascuda? – chama Mônica, frustrada.

— Esquece, gente! O Cascão não vem – dispara a menina, jogando-se chateada no sofá. – Ele descobriu que a gente estava preparando essa surpresa e não quis vir. Disse que não quer festa nenhuma.

— Mas como assim? O Cascão não é a pessoa mais tranquila do mundo? O que tá rolando? – questiona Mônica, tirando o chapéu de festa e sentando-se ao lado dela.

— Eu não sei. Até hoje cedo ele tava bem! Acho que aconteceu alguma coisa e o Cascão não está nem um pouco a fim de contar.

— Bem que eu vi que ele tava diferente – diz Mônica, depois de um suspiro.

No meio da conversa com Cascuda, Mônica olha para os meninos e vê que eles estão agindo como se nada tivesse acontecido. Titi e Jeremias comentam sobre o futebol de mais cedo, enquanto comem os salgadinhos da mesa.

— Você mandou bem naquele lance, cara, se superou – elogia Jeremias.

— É o que falei: a prática faz toda a diferença – responde Titi.

Cebola, por sua vez, devora as torradas com pastinhas que Marina tinha feito.

— Cara, este patê de azeitona tá *show* – diz lambendo os beiços.

Enquanto isso, Xaveco, enche a boca de docinho antes mesmo dos parabéns.

— *Issho* aqui, sim, tá *delichioso*... – diz ele com a boca cheia.

Indignada, Mônica levanta abruptamente e chama atenção dos amigos:

– Que bonito, hein? – diz ela, com as mãos na cintura. – Vocês aí se enchendo de comida, fingindo que nada tá acontecendo!

Todos param de comer e conversar na mesma hora e, sem graça, se viram para ela. Magali, dá meia-volta para que a amiga não veja que também está com a boca cheia de salgadinhos.

– Mas o que tá pegando? – pergunta Cebola, pigarreando, depois de se engasgar com uma coxinha saborosa.

– O Cascão cancelou a festa. Tá rolando alguma coisa e ele não quer contar pra Cascuda o que é.

– Ah. Fica *sussa*, Mô. Não deve ser nada. O Cascão é de *buenas* – afirma Cebola, olhando para Titi e Jeremias que concordam com a cabeça. Em seguida, os três fazem gesto de *hang loose* com uma das mãos.

Aquela expressão já estava deixando Mônica nos nervos. Quando ouve Cebola dizer de *buenas* outra vez, ela fica vermelha de ódio e dispara:

– *Grrrrr*! De *buenas*! De *buenas*! Essa palavra nem existe! Por que vocês são assim? Não se preocupam em conversar, em saber se um amigo nosso está passando por problemas!

Até então, Mônica tinha tentado ficar na dela, mas, diante do comportamento deles, não pôde deixar de dizer o que estava bem diante dos olhos de todo mundo e ninguém queria ver: que era mais fácil ignorar o fato de que alguma coisa estava acontecendo com o Cascão do que tentar ajudá-lo a resolver o problema. Por que eles preferiam agir assim, em vez de encarar o que quer que estivesse acontecendo com seu grande amigo?

– Ei, nada a ver. Vocês é que ficam inventando problema onde não tem – responde Titi, desaforado.

– É! A gente não precisa disso, não – endossa Jeremias ao concordar com a cabeça.

Enfurecida, Mônica sai do sério.

– Ah, é verdade! Esqueci que vocês precisam ficar competindo entre si pra ver quem manda melhor no **jogo do amor**, isso sim, né?

– Mônica, não viaja – diz Cebola, entre os dentes, tentando conter a amiga.

– Pior é quem finge que é conquistador só pra se enturmar – completa ela irritada, fuzilando Cebola com os olhos.

Jeremias e Titi não se aguentam com o comentário e caem na gargalhada.

— *Pfff*. Sabia. Há, há, há!

Embora um pouco mais contidos, Nimbus e Xaveco também riem. Diante da afirmação de Mônica, os quatro dão início a uma zoação sem fim.

— Ê, Cebola... Maior chinelão, hein? — diz Xaveco.

— Contador de história! Há, há, há — zomba Jeremias outra vez.

— Há, há, há, há! Tá vendo? Até a Mônica tá ligada — ironiza Titi.

— Nessa corrida, você já largou na lanterna — arrisca Nimbus ainda rindo.

Cebola fica muito constrangido. À medida que eles riem e zombam, ele se sente cada vez menor, como se os amigos o tivessem reduzido a nada. E pensar que aquela zoação toda era graças à Mônica.

Bastante chateado, ele arranca o chapéu de festa e se retira apressado da sala, direto para o quarto. Mônica percebe a besteira que falou e se sente mal. Desta vez, ela saca que pegou pesado demais e se arrepende. Então, espera um pouco e sobe até o quarto atrás dele.

— Cebola? Posso entrar? — pergunta Mônica, batendo à porta.

— Entra... — assente ele, com a voz desanimada.

Mônica entra no quarto com cautela. Cebola está jogando *videogame*, com uma expressão séria e nem olha para ela. Ela se senta ao seu lado e fica em silêncio por alguns instantes. Então, diz:

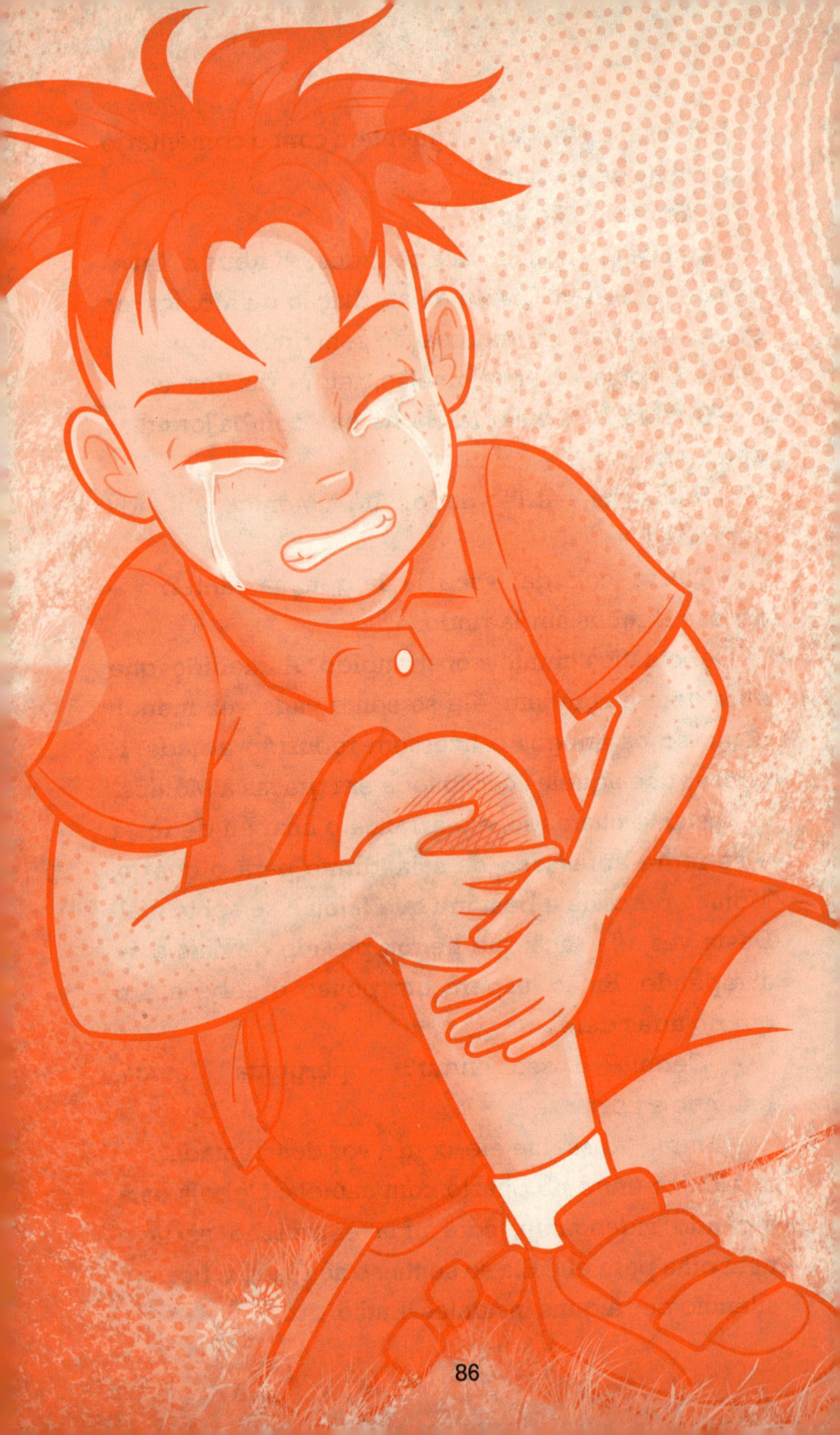

– Desculpa. Eu não devia ter falado aquilo. Mas é que você e os meninos não levam nada a sério...

Cebola encara Mônica.

– Não é que a gente não leva nada a sério! É que... Ah, deixa pra lá, você não entende.

– Não entendo o quê? – pergunta Mônica, ao vê-lo hesitar. – Cebola?

Cebola abaixa a cabeça, pensativo, e começa a contar quase num murmúrio:

– Quando eu era pequeno, meu avô costumava me levar ao parquinho todas as tardes. Eu adorava, me divertia muito. Mas, um dia, levei um tombão do escorregador e meu joelho começou a sangrar. Comecei a chorar de dor. Meu avô se aproximou e achei que vinha me consolar e me ajudar a levantar, só que ele não fez isso. Quando viu as lágrimas no meu rosto, me deu a maior bronca! Disse que eu não devia chorar por aquela besteira, que homem que é homem não chora... Na hora, fiquei meio confuso, mas engoli o choro, enxuguei as lágrimas e fiquei na minha, quieto, até a gente voltar pra casa.

– Que horror. Por que ele falou isso?

– Porque a gente não pode parecer fraco, entende? Então, toda vez que alguma coisa de ruim acontece, a voz do meu avô vem à minha cabeça e finjo que nada está rolando. Porque é assim que as coisas são – explica Cebola, pensativo. Em seguida, olha para Mônica. – Então, tudo bem que o Cascão não tá bem. Os meninos são assim. A gente não conversa mesmo... Ele vai sair dessa sozinho.

— Ah, então não era só o Cascão. Vocês todos querem ser super-heróis... – conclui Mônica, olhando ao redor e vendo um herói em miniatura e algumas medalhas decorando a estante do quarto. – Só que mesmo os heróis têm angústias, Cê. Ninguém precisa ser forte o tempo todo. Isso faz até mal...

— É... Você está certa – assente ele.

— Eu sei que conversar pra vocês é difícil. Mas o Cascão é seu melhor amigo. E você é a melhor pessoa pra ajudar ele. O Cascão confia em você...

— Será que eu consigo?

— Claro que sim! – incentiva Mônica, apoiando uma das mãos sobre a mão dele, como que para apoiá-lo.

— Quer saber? Claro que consigo! Eu vou conseguir! – exclama ele, determinado.

Cebola manda uma mensagem para Cascão e sai para encontrá-lo no *half-pipe* da praça do Limoeiro. Chegando lá, vê o amigo sozinho olhando para o horizonte, pensativo. Com o *skate* parado ao lado e ombros arqueados, Cascão parece bem triste.

À medida que se aproxima, Cebola começa a suar frio, tamanho o pavor que tem de travar qualquer conversa mais profunda com alguém. Mesmo que esse alguém seja o seu melhor amigo. Então, ele hesita ao sentir suas mãos trêmulas:

— Não vou conseguir – sussurra baixinho. Depois, tenta controlar o nervosismo e o chama: – Cascão?

— E aí, Cebola? – Cascão o cumprimenta com um toquinho de mãos, extremamente desanimado.

– E-e aí, cara? Como você está? – pergunta Cebola, sentando-se ao lado dele, ainda um pouco tenso.

– Tá tudo certo. Só não tô muito a fim de festa hoje. Mas tá tudo bem.

Cebola suspira, mega-aliviado.

– Hãããã... Pô! Que bom que tá tudo bem. Então, eu vou indo lá, tá? Falou – se despede Cebola demonstrando pressa. Mas quando ele se levanta e se vira para ir embora, dá de cara com Mônica, que, junto a Magali e Cascuda, está escondida atrás do *half-pipe* em que os dois estão sentados.

– Cebola! Volta lá! – grunhe ela, gesticulando energicamente. Então, ela murmura para as meninas:

– *Aff.* Ele já ia fugir. É mole?

As três ficam espiando os meninos de longe para ver o que vai acontecer. Cebola coça a cabeça sem saber muito o que fazer e acaba se sentando de novo ao lado do amigo. Então, vai direto ao assunto:

– Cara... Eu só queria dizer que, se tiver alguma coisa incomodando, você pode se abrir comigo.

– Cara, é meu pai – diz Cascão, respirando fundo e levando as mãos à cabeça, sem rodeios. – Você sabe, ele tá sem trabalho há um tempo. Tá bem chateado por causa disso. Aí, ontem ele começou a me cobrar.

– Como assim?

– Ele quer que eu largue os esportes pra me concentrar nos estudos. Acha que esporte não é coisa séria. Mesmo eu ficando em primeiro lugar nos campeonatos, meu pai não me valoriza. Tá sendo muito difícil pra mim. A gente brigou ontem.

– Pô... Que complicado – comenta Cebola.

– Eu não quis falar pra Cascuda porque ela é muito estourada. Ia ficar de cara feia com o velho. Mas também não quero desapontar ele. É meu pai, saca?

Enquanto os dois conversam, as meninas usam um binóculo para tentar descobrir do que eles estão falando. De longe, o máximo que conseguem ver é Cascão já em pé gesticulando, desabafando sem parar. Magali foca nos lábios dele para tentar ler suas palavras e assim obter alguma informação.
– E aí, Magali? – pergunta Cascuda, ansiosa.
– Acho que ele disse lom-bri-ga – arrisca ela.
Cascuda leva as mãos à boca, chocada.
– Gente, não importa o que o Cascão tá dizendo. O que importa é que ele tá conseguindo dizer. E o Cebola tá conseguindo ouvir – diz Mônica, satisfeita.
Ao ouvirem isso, Magali e Cascuda ficam mais tranquilas. Elas sabem que, embora apenas uma conversa franca não seja capaz de resolver por si só uma situação, é um ótimo começo.
Sempre que conversa com Mônica, por exemplo, Magali se sente melhor e mais consciente do que fazer para resolver um conflito, seja ele externo ou interno. Já Cascuda, por ser bem direta com tudo, nunca teve problemas em se abrir. Talvez por isso, ela não tenha percebido a dificuldade do namorado. A partir de agora, promete a si mesma que vai ficar bem mais atenta!
A poucos metros de distância, sentindo-se bem mais à vontade, Cebola olha para Cascão com empatia e até consegue aconselhar o amigo:

– Cascão, ele é seu pai. Ele ama você. Essa fase tá sendo difícil pra ele também. Tenho certeza: se conversar com seu pai, dizer como está se sentindo, vocês vão se entender.

– Você acha?

Passa um tempo e agora é Mônica que não resiste em ver. Ela espia os dois pelo binóculo para tentar decifrar como a conversa está indo... *O que será*

que o Cebola disse pra ele? Seja lá o que for, Cascão parece estar pensando na possibilidade de seguir o seu conselho. Ai! Será que vai ficar tudo bem?

— O que está acontecendo? — pergunta Cascuda, despertando a amiga.

Magali e Cascuda grudam o rosto no de Mônica, para tentar enxergar através do binóculo também. As três olham bem na hora em que os dois dão um aperto de mão e se abraçam antes de ir embora. Parece que o papo tinha chegado ao fim... e tinha sido um sucesso!

— *Owwnnnn!* — exclamam as três, emocionadas.

Só que elas acabam falando um pouco alto demais e, quando se vira, Cascão as vê de longe. Assustadas, as três se atrapalham, indo de um lado para o outro na tentativa de se esconder, mas é tarde demais.

– Ei, o que as meninas estão fazendo aqui?

– Sei lá, devem ter chegado agora. *Bora* pra festa! – desconversa Cebola.

– Hummm, a gente só veio ver onde vocês estavam – diz Mônica, se aproximando, acanhada. Então, sugere: – Vamos pra casa do Cebola cantar parabéns?

Os cinco voltam juntos conversando. Mônica percebe que Cascão está com um semblante bem mais animado. Assim que chegam à casa de Cebola, todos colocam novamente o chapéu do Ursinho Bilu, inclusive o Cascão.

O resto da galera aguarda para cantar parabéns. Logo em seguida, Magali se apressa em pegar um prato de salgadinho, enquanto Cascuda pega o presente e entrega a Cascão em nome da turma. Ele abre a caixa.

– Meias do Capitão Pitoco! Era exatamente o que eu queria! – exclama ele, sorridente.

– Falei que ele adora meias – sussurra Cascuda para Mônica, que dá um risinho, entre surpresa e incrédula ao mesmo tempo.

Em seguida, Cascão pega o cartão ao lado das meias e lê em voz alta.

– "Feliz 50 anos de casados"? Há, há, há! Valeu, galera! Vocês são os melhores amigos do mundo.

A festa rola animada. Titi e Jeremias fazem poses engraçadas e tiram fotos com o *display* de Cascão, enquanto Mônica, Magali e Cascuda se sentam no sofá de frente para o aniversariante.

– Agora, Cascão, conta como foi vencer o campeonato de *parkour* – pede Cascuda.

– Boa. Cara, conta aí – apoia Cebola, ao lado dele.

O restante da turma também se aproxima para ouvir. Cascão limpa a garganta e se ajeita para falar.

– Bom, é... Eu não esperava, sabe? Quer dizer, eu tava muito confiante. Mas quando vi a altura daquele negócio, velho, comecei a tremer como vara verde. Aí, tive que respirar fundo, comecei a correr e, quando cheguei lá...

Enquanto Cascão fala, passa um filme na cabeça de Mônica. Ver o amigo contando sua conquista com aquela empolgação a deixa realmente feliz. Afinal, o que é amizade senão isto? Alegrar-se com a vitória dos amigos e estar ao lado deles nos momentos de dificuldade. Por isso para ela era tão importante ver que os amigos estavam bem. Porque a felicidade deles era a dela também.

MILK SHAKESPEARE

ESTA OBRA FOI IMPRESSA
EM NOVEMBRO DE 2024

Impressão e Acabamento | Gráfica Viena
Todo papel desta obra possui certificação FSC® do fabricante.
Produzido conforme melhores práticas de gestão ambiental (ISO 14001)
www.graficaviena.com.br